AF459668

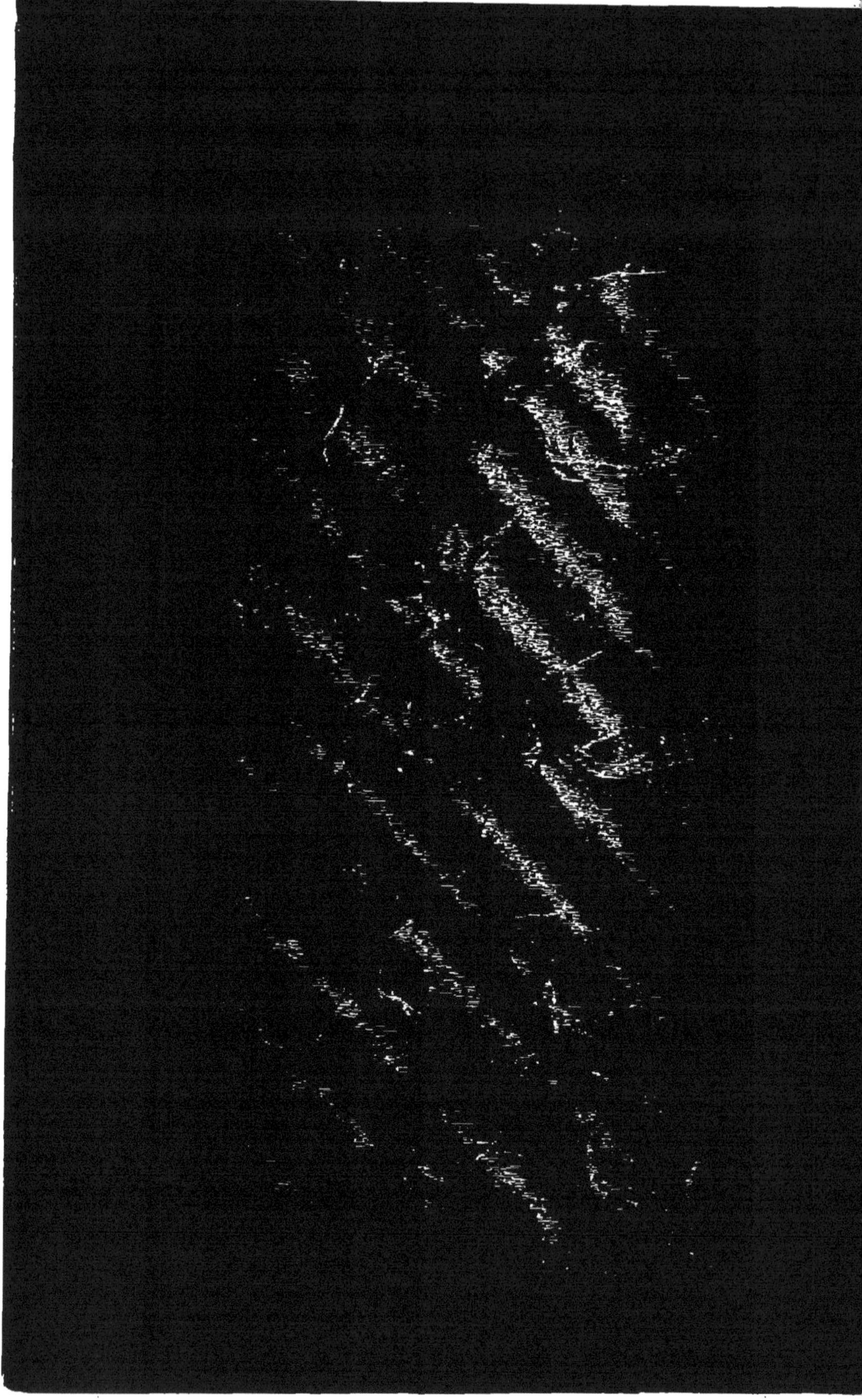

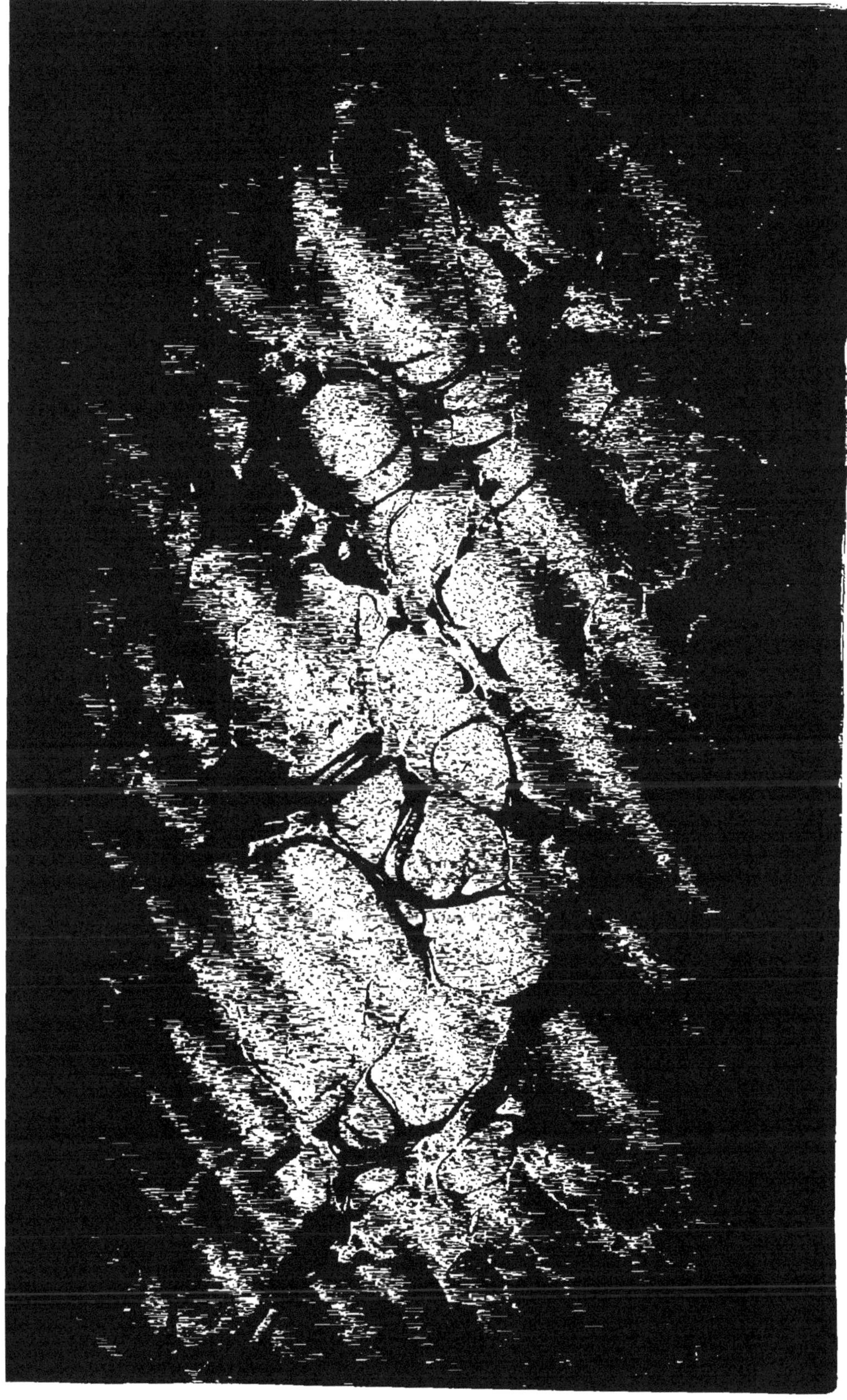

ZOOLOGIE

PARISIENNE

PAR

ALFRED TRUQUI

PARIS
LIBRAIRIE DU PETIT JOURNAL
21, *boulevard Montmartre.*

—

1869

Paris. — Typ. Alcan-Lévy, boul. de Clichy, 62.

ZOOLOGIE

PARISIENNE

PAR

ALFRED TRUQUI

PARIS
LIBRAIRIE DU PETIT JOURNAL
21, *boulevard Montmartre.*

1869

ZOOLOGIE PARISIENNE

A

Abeille. — Mouche à miel, insecte de la famille des hyménoptères, ouvrière active et laborieuse. Un certain nombre de ces intéressantes travailleuses viennent de se constituer en société dite *des Abeilles*, pour distiller un miel destiné aux indigents. Cette société de bienfaisance confectionne des vêtements pour les pauvres. Longue vie et prospérité, pieuses couturières : l'aumône est un miel plus doux que celui du mont Hymette!

Acère. — Qui est privé de cornes, d'antennes. Genre de coléoptères excessivement rares à Paris.

Agneau. — Le petit d'une brebis. Cet animal, d'humeur douce et sans caractère, n'a d'autre mérite que la résignation, cette vertu des gens sans force et sans courage.

Aigle. — Très grand, très fort oiseau de proie. Il y en a de plusieurs espèces; la plus commune est celle que l'on rencontre journellement dans la société parisienne et dont Gresset a dit :

> L'aigle d'une maison
> N'est qu'un sot dans une autre.

Albatros. — Genre d'oiseaux de la famille des palmipèdes. Leur séjour habituel à la surface des eaux troubles les a fait surnommer pélasgiens. Malgré leur volume, les albatros volent avec une dextérité surprenante; il est rare de ne pas en rencontrer dans toutes les affaires véreuses, et surtout dans certains conseils d'administration.

Alcade. — Famille d'oiseaux établie par Vigors, et qui a pour type le genre *alca*. On le trouve dans toutes les villes d'Espagne, où il jouit d'une certaine considération. Son plumage est noir et son ramage varie avec les événements politiques. Il a un goût prononcé pour le chocolat, la cigarette et la *tertulia*. En France, cet oiseau est plus connu sous le titre de maire.

Alouette. — Genre d'oiseaux de l'ordre des passereaux. Joyeuse, amoureuse et matineuse, l'alouette égaie certains quartiers de Paris par ses chansons, qui expriment assez bien l'insouciance de la jeunesse. Difficile à apprivoiser, l'alouette, qui est femme jusqu'au bout des plumes, se laisse assez facilement tuer quand on la chasse au miroir.

Ane. — Mammifère faisant partie du genre cheval. Il existe à l'état sauvage dans l'Asie australe sous le nom d'*onagre*, et en France à l'état domestique sous le nom d'*employé*. Il est reconnaissable à ses longues oreilles, à son air abruti, à son braiment rauque et prolongé, et surtout à son entêtement. Il est généralement lourd et paresseux; mais comme il est doué d'une certaine patience, on finit par l'utiliser dans bien des bureaux où le travail se fait par des machines, bien plus que par des employés proprement dits. Sobre et pacifique, l'âne atteint généralement un âge assez avancé, malgré les déboires et les privations dont il est accablé. Trop effacé pour se faire des ennemis ou inspirer de la jalousie, il est plutôt un objet de compassion, et Delille a eu raison quand il a dit :

A force de malheur, l'âne est intéressant !

Anguille. — Nom d'un poisson du genre murène, qui a la forme d'un serpent, et dont la peau est extrêmement glissante. On ne saurait trop s'en méfier, car elle est généralement de mauvaise foi et assez futée pour échapper à ceux qu'elle a trompés ; d'où vient cette locution : *Il m'a échappé comme une anguille*, en parlant d'une personne qui trouve moyen de glisser entre les mains des gens qui croient la tenir : « J'avais traité avec lui, je croyais en être à la conclusion ; il m'a échappé comme une anguille. » (Acad.)

Animalcule. — On appelle ainsi tout animal si petit qu'il ne peut être aperçu qu'à l'aide du microscope. On ne peut faire un pas à Paris sans l'avoir sous ses pieds. Pour bien l'étudier, il est indispensable de se servir d'un excellent microscope d'observateur. Rien de plus curieux que de voir grouiller ces petits êtres sans idées, sans goûts, sans jugement, sans pensées, sans vices ni vertus, échappés du règne végétal on ne sait comment, pour venir former la couche infime du règne animal.

Araignée. — Insecte aptère très commun, remarquable par la longueur et surtout la maigreur de ses membres, qui ne peuvent être mis en mouvement sans réveiller de suite dans notre pensée le souvenir de l'ancien télégraphe aérien. Quel que soit l'endroit où on la rencontre, l'araignée est toujours d'un aspect repoussant ; mais c'est surtout au bal, où elle a la fureur de se présenter décolletée jusqu'à la ceinture, qu'elle fait reculer les plus intrépides. Un sac de clous serait plus doux à manier que certaines de ces danseuses ; et pourtant l'on voit toujours quelques moucherons se laisser prendre dans les toiles que l'araignée tend à leur intention, et derrière lesquelles elle se cache pour guetter sa proie. Les araignées se logent d'ordinaire dans les plafonds. Évitez, lecteurs, d'en avoir dans le vôtre.

Autruche. — Genre de l'ordre des échassiers. « Dieu l'a privée de sagesse, dit le livre de Job, et l'intelligence lui a été refusée. » On ne doit donc point être surpris de la rencontrer dans tous les bastringues de Paris, dont elle fait les délices. Quant à son intelligence, tout le monde sait que l'autruche se croit en sûreté quand elle a caché sa tête sous ses ailes ou derrière le plus petit buisson. On la voit aussi enfouir sa face obtuse sous une triple couche de cold-cream, de rouge et de poudre de riz, et se figurer qu'on la prendra pour une femme véritable, sans s'apercevoir qu'on ne la prend jamais que pour ce qu'elle est. On a vu dans certains dîners des autruches, douées d'une force digestive surprenante, avaler leur couvert d'argent sans en être le moins du monde incommodées. D'aucuns prétendent que les bijoux, les diamants même leur seraient une pâture légère, si on voulait leur en fournir.

Plus stupide que méchante, l'autruche est un des plus beaux ornements du Jardin des Plantes, où MM. les militaires épatés se la montrent avec admiration en disant « Tu vois cette belle ange, Dumanet ; si je serais aussi bien colonel comme simple fusilier, eh bien!... je ne te dis que ça. »

B

Babouin.—Sorte de gros singe très lascif, difforme, imbécile et poltron. Il trouve à se marier avec une pareille dot, puisque sa race s'est perpétuée jusqu'à nous depuis l'arche de Noé. Tant il est vrai qu'un mari se prend comme et quand on peut, bien plus qu'on ne le choisit comme on l'avait rêvé au couvent.

Basset. — Chien de petite taille, bas sur jambes, haut en faux-col, pattes cambrées en dedans, coudes arrondis en dehors, nez exquis dont il abuse pour suivre la piste des femmes. Le basset en a-t-il toujours le bénéfice? J'en doute; je crois que derrière lui il y a souvent un chasseur pour ramasser le gibier.

Batraciens. — Qui tient de la grenouille. Cette espèce passe sa vie à désirer une autre forme de gouvernement que celui sous lequel elle vit. Il est rare qu'elle n'en trouve pas un qui finisse par la croquer. Tout est bien qui finit bien.

Baudet. — Ane entier qui sert d'étalon : il est bon à quelque chose. Passons.

Bécasse. — Genre de passereaux. La bécasse est un excellent gibier lorsqu'elle est grasse, c'est-à-dire assez riche pour qu'un homme intéressé puisse se décider à l'épouser. On la mange en salmis, en pâtés ou à la broche. D'une digestion facile, celui qui s'en nourrit s'en trouve bien. Je la recommande aux jeunes gens délicats qui désirent que le mariage ne leur reste pas sur l'estomac. La bécasse plie et trouve toujours très bien ce que fait et dit son seigneur et maître.

Bélier. — Mâle de la brebis. Cet animal est assez généralement un mauvais mari. Abusant toujours de la faiblesse de sa femelle, qu'il considère comme une esclave bien plus que comme sa compagne, le bélier la sacrifie à ses passions, et se plaint d'avoir une femme qui ne le comprend pas. Brusque, impatient, impérieux, sans douceur et sans tendresse, il vole le bonheur domestique dont il jouit plus souvent qu'il ne le mérite.

Bengali. — Pinson du Bengale. Balzac a

dit : « Le bengali est peut-être une âme heureuse. » J'ai longtemps caressé cette pensée comme un désir ; aujourd'hui je ne peux voir un bengali sans me dire : « Si c'était l'âme de Balzac ! » Et une tristesse indicible s'empare de mon cœur.

Bergeronnette. — Oiseau de la famille des passereaux, à larges pieds. Gracieuse dans ses mouvements, élégante de formes, sobre de couleurs dans ses ajustements, la bergeronnette (diminutif de bergère) est assez sympathique aux voyageurs qui la rencontrent dans tous les pays de l'Europe. Le chasseur l'épargne, considérant sa mort comme un meurtre inutile. Il y a mieux à manger de par le monde, dit-il, économisons notre poudre.

Biche. — Femelle du cerf et de plusieurs espèces du même genre. La biche est essentiellement parisienne; loin de Paris et du bois de Boulogne, elle dépérit et succombe promptement à une nostalgie incurable. En été, elle émigre bien à Bade ou à Hombourg, mais ses pérégrinations ne sont jamais de longue durée. Intelligente et intéressée, la biche fait avant tout litière du sentiment. Gourmande, paresseuse, avide et sans cœur, la biche est le dernier mot du vice doré, qui n'a pas même pour excuse les sens, pas même pour circonstances atténuantes l'insouciance et la gaîté de la jeunesse.

Bichette. — Petite biche, jeune biche, qui deviendra grande si Dieu lui prête vie, et si les fournisseurs lui font crédit.

Bichon. — Petit chien provenant du croisement du barbet et de l'épagneul. Les vieilles marquises semblent avoir accaparé cette race, qui reconnaît du reste fort bien les bontés que l'on a pour elle. Le bichon porte l'ombrelle, l'éventail, le châle et le livre d'heures de la marquise ; il l'accompagne au bal, au spectacle, au bois et au prêche ; il lui fait la lecture de la *Gazette*, et remplit auprès d'elle tous les devoirs d'un vrai *patito*. En retour de ce dévouement, il reçoit quelques grains de sucre, une niche dans l'hôtel de Mme la marquise, une place dans la voiture et dans la loge aux Italiens. Tout cela lui vaut bien le mépris des honnêtes gens qui le connaissent ; mais le mépris glisse sur son poil soyeux, et tout est pour le mieux dans la plus honteuse des relations.

Bidet. — Petit cheval de selle, si doux et si mignon que les dames capables de s'en passer le luxe, le logent dans leur appartement. Un poète entre un jour dans le cabinet particulier d'une grande duchesse bien connue à Paris; il y aperçoit un de ces animaux, et suspend à la crinière du doux palefroi l'impromptu suivant :

Gentil, joli petit cheval,
Doux au montoir, doux au descendre,
Sans être un autre Bucéphal,
Tu portes plus grand qu'Alexandre.

Est-ce un compliment ou une méchanceté? On se le demande.

Blaireau. — Mammifère de la famille des plantigrades, rangé dans le genre des ours. Il habite généralement des maisons obscures dans les quartiers éloignés; il ne sort de chez lui que pour aller faire son marché. Veuf ou célibataire, le blaireau se suffit à lui-même. Il est inoffensif et passerait inaperçu s'il n'avait la triste propriété de jeter autour de lui une odeur infecte, qui fait dire, en termes populaires :

Puant comme un blaireau. Au lieu de l'instruction obligatoire, je réclame pour lui des bains obligatoires.

Boa. — Famille de reptiles de l'ordre des serpents. Les boas sont les plus forts et les plus grands de tous les serpents, mais ils n'ont pas de crochets à venin, ce qui permet à quelques dames d'en porter l'hiver autour du cou. Cette mode tant soit peu surannée date de Mme Ève, pour qui le serpent n'avait rien de déplaisant, au contraire. Aujourd'hui, il n'y a plus guère que les Anglaises pour porter des boas — en été — et des chapeaux de paille — en hiver. — *Improper!*

Bœuf. — Genre de quadrupèdes ruminants, à pieds fourchus, à cornes creuses (elles sont moins lourdes à porter ; quelle chance !), au corps trapu et aux membres courts et robustes. Donc, quand vous verrez sur le boulevard un promeneur trapu, ruminant des paroles inintelligibles, le front orné de cornes creuses (remarquez bien si les cornes sont creuses), vous pouvez le montrer à vos enfants et leur dire : Voilà un bœuf ! et au besoin chanter en modifiant le vers du poète :

Enfants, voici le bœuf qui passe,
Cachez vos rouges tabliers.

Quant à deviner ce que tout bœuf rumine dans ses dents, point n'est besoin d'être somnambule. Tout bœuf se dit : « Je voudrais bien être bœuf gras ! » Comme qui dirait : « Je voudrais bien être sénateur ! » M. Charles Monselet l'a fort bien dit : « On n'a rien été, quand on n'a pas été bœuf gras. »

Bouc. — Animal à cornes qui est le mâle de la chèvre, et dont l'odeur désagréable est passée en proverbe. Malgré cela, le bouc est un animal qui ne manque pas de chic. Il a inventé une coupe de barbe que certains individus d'un goût douteux portent avec aisance et facilité. On dit une barbe de bouc comme on disait à une époque un chapeau d'Orsay. Sans soin de sa personne, le bouc est malpropre et puant. Il n'est pas rare de voir un tuyau de pipe sortir de l'une de ses poches. Il fréquente peu les salons où il ne serait pas à son aise ; il préfère le sans-façon des estaminets et des brasseries. Qu'il y reste, mon Dieu ! qu'il y reste.

Brebis. — Femelle du bélier. D'un caractère doux et timide, la brebis est le type de la résignation conjugale. Comme tous les êtres inoffensifs et patients à l'extrême, elle est généralement dupe et victime des gens qui l'entourent. Les loups en sont très friands et en font leur pâture habituelle. Aussi modeste que résignée, aussi économe que laborieuse, aussi bonne épouse que bonne mère, la brebis serait digne d'un meilleur sort que celui que lui fait son mâle le bélier.

Buffle. — Espèce de bœuf plus gros que le bœuf ordinaire. On le trouve à l'état sauvage en Asie et en Afrique. En Italie, on l'élève en domesticité et on le conduit au moyen d'un anneau passé dans les naseaux. En France, les femmes lui font passer cet anneau au doigt par le curé de leur paroisse, et le conduisent tout de même par le bout du nez. Inutile de dire que c'est un animal borné et inoffensif. Il arrive quelquefois à la fortune et aux honneurs quand la femme qui le mène connaît bien son chemin.

Buse. — Genre d'oiseau de proie qui passe pour être fort stupide et qui l'est en effet. On n'est pas assez convaincu du mal que cette bête fait dans le monde par sa bêtise doublée de ses appétits voraces. Il est vrai, comme dit le proverbe, *qu'on ne saurait d'une buse faire un épervier;* c'est-à-dire, d'un sot faire un habile homme ! Mais on pourrait au moins la consigner à la porte ; tandis qu'il ne manque pas de salons à Paris où la buse a ses entrées. Pourquoi ? Parce qu'elle fait nombre ; et il y a tant de gens qui préfèrent la quantité à la qualité.

Butor. — Le mâle de la buse. Les deux font le couple.

C

Cabri. — Chevreau, jeune bouc qui ne pue pas encore. Patience, mon petit ange, cela viendra avec la barbe.

Caille. — Genre d'oiseaux de la famille des perdrix. La caille est un excellent gibier. Il y a des gens qui se figurent que les cailles tombent toutes rôties. Ces naïfs bonshommes se fourrent tout simplement le doigt dans l'œil, et meurent généralement sans avoir satisfait un seul de leurs désirs, pour ne s'être pas conformés au précepte : Aide-toi, le ciel t'aidera.

Caméléon. — Genre de reptiles. Le caméléon a la faculté de changer presque subitement sa coloration selon qu'un gouvernement ou un ministère paraît offrir plus ou moins de stabilité. On le rencontre dans tous les partis politiques ; mais il n'est pas permis de l'écraser comme un reptile qu'il est.

Canard. — Genre de palmipèdes de la famille des anas. Il éclôt généralement dans les journaux qui se prétendent bien informés. On le mange à toutes sauces ; mais le plus souvent aux olives et surtout aux navets : d'où vient la demande du titi parisien : *des navets !* quand on lui sert un canard de la carte du jour.

Canari. — Oiseau des îles Canaries d'une couleur hasardée, ou chanteur des salons. Son chant, qui serait supportable s'il était limité, devient agaçant par sa persistance ; le canari ne sachant jamais s'arrêter à propos, et ayant toujours le tort de prendre au sérieux les applaudissements de convenance qu'on se croit obligé de lui prodiguer. Laissez-lui dire une romance chez vous, il en aura bientôt dit..... beaucoup trop.

Cancre. — Nom vulgaire par lequel on désigne plusieurs crustacés. D'une avarice froide et sordide, le cancre s'impose les plus rudes privations pour s'autoriser à tout refuser aux autres. Rappelons-lui, en passant, que Mme de Puyzieux a dit : « L'avarice est la première preuve de la bassesse de l'âme. »

Caneton. — Jeune Canard. Une des gloires de Rouen.

Cantharide. — Genre de coléoptères. C'est une fine mouche qui a la propriété de surexciter la mémoire des vieillards de tout âge. Il ne faut pas badiner avec elle.

Carlin. — Sorte de petit chien au nez écrasé et au poil ras. Cette espèce, très commune en France au commencement du siècle, tend chaque jour à disparaître. Dame ! ses maîtres ne reviennent pas et les absents finissent toujours par avoir tort. C'est dommage, car le carlin (on dit aussi carliste) est d'une fidélité et d'un dévouement rares.

Castor. — Genre de mammifères de la famille des rongeurs. Econome, laborieux et surtout très industrieux, le castor (sans Pollux) bâtit lui-même sa demeure. Il aime peu la société, vit beaucoup à la campagne, où il se nourrit de racines, ne reçoit point de journaux et laisse les révolutions se mitonner sans lui.

Cerf. — Animal du genre des bêtes fauves, très rapide à la course et portant sur sa tête des cornes appelées bois qui se renouvellent tous les ans. Pendant le moyen âge, on écrivait ce mot par une S, du latin *servus*, esclave, parce que les serfs étaient astreints à cultiver une terre déterminée, sans pouvoir la quitter et sous condition d'une redevance. Plus tard, ces animaux furent émancipés, et c'est en mémoire de leur affranchissement qu'ils changèrent l'orthographe de leur nom. La race de ces animaux a disparu en France sous Louis XVI. Le serf est rangé au nombre des animaux antédiluviens.

Chacal. — Espèce de chien sauvage et très féroce, qui ne sort guère que la nuit. On a surpris dans des cimetières quelques-uns de ces animaux déterrant les cadavres pour les dépouiller des objets précieux avec lesquels ils avaient été ensevelis. On a même vu des chacals se livrer sur ces cadavres aux attentats les plus monstrueux*!* *Horresco referens!*

Chameau. — Animal ruminant, haut de jambes, qui a le cou fort long, la tête petite et deux bosses sur le dos. En Afrique le chameau, sobre, patient et docile, est très utile aux Arabes. En France il n'en est pas de même : hardi, grossier, vulgaire, gourmand et licencieux, le chameau est un animal dégénéré dont La Fontaine a dit :

> Le premier qui vit un chameau
> S'enfuit à cet objet nouveau.

Aujourd'hui, cette animal fait bien encore fuir les gens qui se respectent ; mais il n'en trouve que trop pour l'aider à vivre et rechercher sa société. Qui se semble, s'assemble !

Chamois. — Animal du genre antilope, qui vit dans les rochers et dans les montagnes. A Paris, quand on parle de cet animal, on dit simplement un montagnard ; mais la science tient à tout classer, à tout désigner par un nom particulier ; ne la contrarions pas.

Chapon. — Un coq qui pourrait chanter à la chapelle Sixtine.

Charançon. — Genre de coléoptères très nombreux en espèces. Les uns rongent les blés dans les greniers, d'autres les accaparent dans les moments de disette, exploitant ainsi l'infortune publique. Je demande que ces derniers soient classés parmi les bêtes féroces.

Chat. — Section du sous-ordre des carnassiers. Le chat est sauvage ou domestique. Ce dernier est poltron, défiant, rusé et voleur. C'est le fléau des grandes maisons où il n'est supporté comme domestique, qu'à cause de la chasse continuelle qu'il fait aux souris. On le voit souvent la nuit courir sur les toits pour aller courtiser les chattes ses voisines qui sont, en général, si portées à encourager ces sortes de visites, qu'ont dit « amoureuse comme une chatte. » Ce chat nocturne est connu sous le sobriquet de chat de gouttière.

Chauve-souris. — Mammifère volant, que l'on n'aperçoit que la nuit. Retirés pendant le jour dans les carrières, les bouges, les maisons mal famées, ces animaux, qui ne sont ni oiseaux, ni souris, doivent à leurs mœurs nocturnes d'être dans tous les pays un objet d'horreur et de dégoût. La police leur fait une guerre acharnée, mais l'espèce en est nombreuse et le monde finira avant qu'on soit parvenu à la détruire complètement.

Chenille. — Larve de diverses familles d'insectes. Laide, sale, venimeuse, impure et vorace, la chenille est un des parasites le plus à charge à la société. Elle dévore les plantes, les fruits, les feuilles; elle calomnie ses parents et ses amis; elle jette son venin sur tout ce qu'elle rencontre. Hideuse personne en somme, dont la démarche rampante inspire le dégoût.

Cheval. — Mammifère solipède. Un aristocrate de la zoologie, puisqu'on entend tous les jours des gens dire « le cheval est un noble animal. » S'il en est ainsi, il ne faut pas s'étonner que Caligula ait nommé le sien consul; mais il faut croire que l'espèce en est furieusement dégénérée depuis, pour qu'on ait senti le besoin de multiplier les courses de chevaux, comme on l'a fait depuis quelques années, à la seule fin d'améliorer la race chevaline. Espérons qu'elles porteront leurs fruits, et que nous reverrons des chevaux consuls.

Chevalier. — Oiseau de la famille des hélonomes et de l'ordre des échassiers. Outre les chevaliers de cet ordre on connaît, parmi les plus célèbres, ceux des ordres du Temple, de Malte, du Saint-Esprit, éteints depuis longtemps; et parmi les ordres existants les plus renommés, ceux de la Jarretière, de la Toison-d'Or, de Saint-André et d'une foule d'autres, toutes les puissances souveraines ayant un ou plusieurs ordres à conférer à leurs parents, amis et connaissances. Les chevaliers les plus communs et les plus connus à Paris, sont les chevaliers d'industrie, qui se confèrent eux-mêmes cette dignité. Elle ne donne droit à porter aucun signe extérieur, mais elle a l'avantage de vous conduire presque toujours en police correctionnelle. Parmi ces chevaliers, généralement intelligents, il en est d'assez intrigants pour obtenir par surprise un ordre de chevalerie quelconque. Alors, ils affectent de se parer de leurs insignes et de leur titre de chevalier, dans l'espoir de faire plus facilement des dupes. Mais il arrive souvent qu'au lieu de se laisser prendre à ces ficelles, on leur met tout bonnement les mains sur les ailes en leur disant :

Tu te dis chevalier, écoute, je te prie,
N'es-tu pas, en effet, chevalier d'industrie?

puis on les pose délicatement sur le secrétaire d'un commissaire de police.

Chèvre. — La femelle du bouc. Douée d'un lait d'excellente qualité, la chèvre court tous les bureaux de placement pour trouver un emploi de nourrice. Elle rend de grands services aux dames qui ne peuvent ou ne veulent pas nourrir leurs enfants. On l'a surnommée la vache des pauvres.

Chevreuil. — Espèce de bête fauve plus petite que le cerf. Un naturaliste a constaté que cet animal est fidèle au pacte conjugal. Où diable l'observation et l'exception vont-elles se nicher!

Chien. — Quadrupède domestique, qui passe pour le plus familier, le plus docile et le plus intelligent de tous les animaux. Pourquoi chien se dit-il, alors, par injure et par mépris des personnes et des choses? Quel chien de temps! Quelle chienne de vie! Quel chien! (en parlant d'une personne qui n'offre jamais rien ou qui refuse dix louis quand on les lui demande). Je promets une surprise des plus coquettes à celui — ou celle — qui me donnera le mot de cette énigme d'une manière satisfaisante. Jusque-là, je dirai que c'est à vous dégoûter d'être le plus fidèle et le plus intelligent de tous les animaux !

Chouette. — Genre de l'ordre des rapaces nocturnes. Pour bien étudier ce curieux animal, relire *les Mystères de Paris* de l'éminent zoologiste Eugène Sue. On sera fixé sur le compte de la chouette, vieille femme de la lie du peuple, aussi laide que méchante, aussi sale que laide et méchante; plus vicieuse que laide, sale et méchante. — Mets ça dans ton cabas, vieille sorcière.

Cigale.—Genre d'insecte hémiptère remarquable par son chant rauque, monotone et désagréable. Pendant les mois les plus chauds de l'année

. . . . De ses chants
La cigale enrouée importune les champs.

Il est ici question des Champs-Élysées où la cigale pose, en été, dans les cafés-concerts, pour l'artiste incomprise. « Sans le mauvais vouloir des directeurs, dit-elle, je devrais chanter aux Italiens ou à l'Opéra. Mme Sasse a bien admirablement créé *l'Africaine* à la salle Le Peletier, après avoir débuté sur les scènes les plus modestes. » Malgré ce thème, qu'elle varie à l'infini, la cigale, je crois,

. . . . désespère
Alors qu'elle espère toujours !

Cigogne. — Genre d'oiseau de l'ordre des échassiers. La cigogne rend quelques services à l'agriculture en détruisant les reptiles. Peu bavarde et pacifique, la cigogne mériterait quelques égards si, fière de l'honneur que lui firent les Romains en la considérant comme l'emblème de la piété, elle n'était devenue un peu bégueule.

Ciron. — Nom donné par les gens du monde à une infinité de petits animaux qui leur montent des scies, et dont il. est fort difficile de se débarrasser.

Civette. — Genre de mammifère. Les civettes ont une poche profonde qu'elles rem-

3

plissent de tabac à priser dont les amateurs font grand cas. Elles le vendent à Paris dans certains débits, sur l'enseigne desquels on lit : A LA CIVETTE. Le meilleur est celui de la rue Saint-Honoré, en face du Palais-Royal.

Clabaud. — Chien de chasse qui aboie sans être sur les voies de la bête. Le monde est plein de ces chiens qui aboient à tort et à travers, parlant de tout sans rien connaître et critiquant ce qu'ils ne comprennent pas. On les appelle aussi braillards. De clabaud on a fait le verbe clabauder.

Cloporte. — Petit animal qui vit dans les lieux humides et obscurs. Balzac semble avoir voulu le stéréotyper dans cette jolie pensée : « Il y a des êtres qui ont soixante ans de service sur les contrôles du monde et qui n'ont pas vécu deux ans. »

Cochenille. — Genre d'insecte de l'ordre des hémiptères. Cet insecte est extrêmement recherché pour sa belle couleur rouge. C'est lui qui fournit à la teinture de tous les journaux dits avancés, parce qu'ils nous offrent la république comme le fruit du progrès. Quelques peuples de l'antiquité ont goûté avant nous de ce fruit nouveau ; ils en ont eu une fameuse indigestion.

Cochon. — Type de la famille des suilliens. Cet animal ne sait que manger, boire et dormir. Très porté à la débauche, le cochon est ce qu'on appelle vulgairement une crapule : on dit gras et sale comme un cochon.

Colibri. — Oiseau de l'ordre des passereaux ténuirostres, proche parent de l'oiseau-mouche. Excessivement gracieux de formes, riche de couleurs, bien élevé et sympathique, le colibri se plaît dans les jardins ornés de fleurs, sans dédaigner les salons garnis de jolies femmes. Personne ne le prend pour un aigle, mais beaucoup de dames le prennent pour ami, ce qui vaut infiniment mieux.

Colombe. — Genre d'oiseau qui représente la simplicité, l'innocence, la pudeur, la candeur et tout ce qu'il y a de plus respectable au monde. Passons en nous inclinant, et que notre plume n'éclabousse pas ses blanches ailes : Pureté et Sincérité !

Compère-Loriot. — Nom vulgaire du

loriot commun. Ce petit oiseau perche habituellement sur le bord de la paupière de gens qui s'en passeraient volontiers. Quand il lui prend fantaisie d'élire domicile sur l'œil d'une jolie femme un jour de bal, on lui en dit de belles !

Coq. — Le mâle de la poule. Le coq est d'un caractère irascible et très susceptible, comme tous les gens satisfaits d'eux-mêmes. Très matineux, cet animal est bien le plus incommode voisin que l'on puisse subir. Dès l'aube, il chante à tue-tête, sans se soucier des gens qui l'entourent, et son chant n'est rien moins que mélodieux. Le coq habite rarement les grandes villes; ses allures vulgaires le destinent aux succès de village. Habitué à ces succès faciles et infatué de ses conquêtes de poulailler, il faut le voir quand il se permet un voyage à Paris. Quelle chute! Celle du Niagara n'est que de la Saint-Jean à côté. Oh! là, là! qué malheur! un coq de village!

Coquillage. — Petit animal qui habite dans une coquille, qu'elle soit de bois, de plâtre, de marbre ou d'or. Frappé de mutisme, cet animal est d'un sang-froid imperturbable. Il ne dit jamais rien, puisqu'il est muet, mais il n'en pense pas davantage pour cela.

Corbeau. — Genre d'oiseaux de la famille des plénirostres, d'un plumage noir, omnivores, et qui vivent surtout de cadavres. Dans certaines contrées de la France, ils se chargent d'ensevelir les morts. Les épidémies ne leur font pas peur ; au contraire, les affaires vont bien pour eux. Chacun pour soi et Dieu pour tous! est leur lugubre devise.

Corneille. — Nom vulgaire d'une espèce du genre corbeau. Un peu faible d'esprit, la corneille se donne quelquefois beaucoup de mouvements pour s'occuper de choses qui ne la regardent pas; et comme elle y va avec autant d'ardeur que peu de précautions, elle est souvent plus nuisible qu'utile, d'où le proverbe si connu : *Aller comme une corneille qui abat des lois*. Le chant de cet oiseau était, chez les Romains, de mauvais augure; ce qui n'empêchait pas les anciens d'invoquer la corneille lorsqu'ils pensaient à se marier. Ils étaient probablement de l'avis de celui qui a dit : « Les mariages les plus heureux sont les mariages manqués. »

Coucou. — Genre de grimpeurs. Le coucou a cela de particulier qu'il ne construit point de nid ; il dépose ses œufs dans les nids des autres oiseaux. Un vrai sans-gêne, un peu partageux. Philosophe au demeurant, et portant bravement son nom devenu celui de tous les maris dont les femmes ont horreur de la fidélité. Au fait, si les autres oiseaux se chargent de faire les petits du coucou, pourquoi ne lui fourniraient-ils pas des berceaux pour les élever ?

Couleuvre. — Serpent de moyenne taille, non venimeux, inoffensif pour l'homme. Il paraît que de tout temps les femmes en ont fait l'ordinaire de leurs maris, car Boileau a dit quelque part :

> Résous-toi, pauvre époux, à vivre de couleuvres.

Bien qu'inoffensive, la couleuvre est, dit-on, très dure à avaler.

Cousin. — Genre d'insectes qui ont la manie de se présenter chez vous à titre de parents et de vous demander l'hospitalité. On est cruellement puni quand on a la faiblesse de la leur accorder; car, d'une inconvenance sans pareille, cet hôte importun bourdonne toute la nuit à vos oreilles et se permet des piqûres de très mauvais goût. Il ne faut pas craindre de le traiter en parasite et de l'envoyer coucher ailleurs. Il n'y a même aucun mal à lui en faire pour s'en débarrasser par quel moyen que ce soit.

Crapaud. — Genre de reptiles amphibies. Le crapaud est un objet de dégoût pour tout le monde à cause de sa peau sale et véruqueuse, de ses membres trapus et de la bave qu'il répand autour de lui. Généralement sans instruction et sans éducation, le crapaud est un de ces êtres déclassés qui ont passé par toutes les infortunes sociales, après avoir eu le malheur de naître complètement disgraciés de la nature.

Crevette. — Insecte aquatique que l'on rencontre sur toutes les plages élégantes. Coquette, aimant la toilette et les plaisirs à l'excès, la crevette est la femelle du petit crevé. Belle robe, belle tête quelquefois, de cœur, jamais. D'une chair délicate et parfumée à l'eau de Lubin, elle est un régal pour qui y goûte en passant, mais elle devient indigeste et dispendieuse à l'homme assez fou pour en faire son ordinaire en ménage.

Cygne. — Le plus grand et le plus beau de tous les oiseaux aquatiques. « Aux avantages de la nature, le cygne réunit ceux de la beauté, dit Buffon ; les grâces de la figure, la beauté de la forme, répondent dans le cygne à la douceur du naturel. Fier de sa noblesse, jaloux de sa beauté, le cygne semble faire parade de tous ses avantages. » Quelqu'un a ajouté : « Elevé en domesticité sur nos pièces d'eau (lisez salons), il en fait l'ornement ; mais ce n'est qu'un oiseau de parade, d'un caractère jaloux et méchant, peu susceptible d'éducation, sans cesse occupé de sa toilette. » N'est-ce pas ce que de nos jours on appelle tout simplement un fat ?

D

Daim. — Animal de l'ordre des ruminants et du genre cerf. Cet être nul et timide n'est qu'un comparse ignoré de la comédie humaine.

Dauphin. — Genre de cétacés, de petite taille ,mais de haute naissance. Disparue en 1830, cette espèce ne datait que du milieu du neuvième siècle, un seigneur suzerain de la province du *Dauphiné* ayant adopté ce nom qui devint plus tard le titre du fils aîné du roi de France. L'histoire n'en compte que vingt-cinq.

Dinde. — Femelle du dindon. Bête stupide qui n'est acceptable comme rôti que bien truffée ; et comme femme que lorsqu'elle est aussi riche que niaise, — à ce que prétendent les coureurs de dot.

Dindon. — Oiseau de basse et haute-cour, de la famille des gallinacés. Cet animal semble n'avoir été créé que pour servir de dupe et de pâture aux intrigants qui ont l'air de l'admirer quand il fait la roue, et qui, en réalité, se moquent toujours de lui, avant, pendant et après. Le dindon est le *signor Balordo* de toutes les comédies parisiennes : mari trompé, tuteur joué, protecteur bafoué, actionnaire dupé, ami exploité. Quoi qu'il fasse, quoi qu'il dise, il est toujours le *dindon de la farce*, comme on disait autrefois par allusion aux pères de comédie, qui jouaient les rôles de dupes et qu'on appelait *pères-dindons*.

Dindonneau. — Jeune dindon qui disait à tout propos : « La fortune de mon père ! » bien avant que la Grande Duchesse de Gérolstein ait inventé : « Le sabre de mon père ! »

Dogue. — Espèce de gros chien bon pour la garde. Il fait un assez bon portier (pardon : concierge) quand il n'est ni trop grincheux, ni trop intéressé, ce qui est assez rare. Cependant, pour être juste, il faut avouer que lorsqu'on sait le prendre et le flatter en lui graissant la patte, il n'est pas aussi féroce qu'on veut bien le dire. Mais si vous agissez avec lui en *pignouf*, comme il dit, *cave canem !* à moins que vous ne soyez *décoré, vêtu de bleu, et que vous n'ayez la démarche pesante*. Oh ! alors.

E

Echassiers. — Ordre dans lequel on range

tous les oiseaux distingués par leurs tarses très allongés, ainsi que toutes les heureuses nullités que la faveur élève au pouvoir. Elles sont haut perchées, comme les habitants des Landes sur leurs échasses, sans en être plus grandes pour cela !

Ecrevisse. — Animal de la tribu des homards. Bien que les écrevisses nagent à reculons avec assez de rapidité, elles n'en arrivent pas moins à se faire pêcher par des amateurs qui les mangent en buisson, en bisque, au court bouillon, à la crème, etc., etc.

Les sages quelquefois, ainsi que l'écrevisse,
Marchent à reculons, tournant le dos au port.
(La Fontaine.)

Ecureuil. — Joli petit animal, leste, industrieux, doux, propre et facile à apprivoiser. L'écureuil serait un des animaux les plus sympathiques, s'il n'avait souvent le tort de vouloir grimper trop haut et d'inspirer de la jalousie à de plus puissants que lui. Témoin celui qui figurait dans les armes de Fouquet, avec cette devise : *quò non ascendam!* — où ne monterai-je pas ! — que Louis XIV ne put voir sans trembler pour sa gloire.

Éléphant. — Grand animal de l'ordre des mammifères, aux proportions colossales. L'éléphant est d'un caractère assez doux et d'une grande docilité. Les uns prennent ces qualités pour de l'intelligence, d'autres prétendent qu'elles ne résultent que de sa poltronnerie. Quoi qu'il en soit, en Orient les éléphants ont rendu et rendent encore de très grands services à l'homme. En France, où il est assez rare, cet animal n'a d'autre succès qu'un succès de curiosité, comme un énorme melon, par exemple. Quand il en passe un sur le boulevard, on le regarde, on secoue la tête et c'est tout. Quelquefois, cependant, des promeneurs doués d'un bon naturel et ornés de connaissances médicales, le plaignent en disant : Pauvre homme, il est atteint de l'éléphantiasis.

Épervier. — Oiseau de proie au vol impétueux et rapide. Quelques pêcheurs s'en servent pour pêcher du poisson.

Escarbot. — Insecte coléoptère, qui vit dans les matières infectes et qu'on nomme vulgairement fouille..... (M. Cambronne; ditesnous le reste). Il n'est pas rare à Paris, ce dégoûtant animal. A bon entendeur, salut !

Escargot. — Gros ver sans pied ni os intérieur, traînant une coquille qui lui sert de maison, de paletot et de bouclier. Une espèce de philosophe qui peut dire : *Omnia mecum porto*. Ignare, laid, dégoûtant, sans sexe, pour en avoir trop (on le dit hermaphrodite), l'escargot est un être insociable. Que sa coquille lui soit légère !

Esturgeon. — Gros poisson de mer. Ouvrier laborieux, qui sait tirer de sa vessie natatoire la colle appelée colle de poisson, qu'on emploie pour clarifier la bière, le vin, les liqueurs, etc. ; et que l'on sert dans tous les restaurants à prix fixe, sous la doucereuse étiquettes de confitures.

Étalon. — Cheval entier. Un gars qui se fait payer cher pour perpétuer sa race.

Étourneau. — Sorte d'oiseau de passage

qu'on appelle vulgairement sansonnet. Léger, inconsidéré, sans tact et sans égard, l'étourneau est la plus désagréable rencontre que l'on puisse faire en voyage et dans le monde. Il n'est pas méchant, mais il est importun et quelquefois compromettant par ses légèretés de mauvais goût. S'il pouvait se mettre dans la tête que : « Le bon goût est autant dans la connaissance des choses qu'on doit taire, que dans celle des choses qu'on doit dire ! » — Heureusement que les étourneaux vont presque toujours par bandes, ce qui permet de les voir venir de loin et de les éviter.

F

Faisan. — Bel oiseau du genre des gallinacés. « Le faisan, dit un auteur, est un oiseau superbe et qui peut en quelque sorte le disputer au paon pour la beauté, ayant le port aussi noble, la démarche aussi fière, et le plumage presque aussi distingué. » En 1659, au moment de la conclusion du traité des Pyrénées, sur une île de la Bidassoa, tout près du village de Béhobie, à la frontière de France et d'Espagne, on vit une telle quantité de ces oiseaux échappés des grandes volières des Tuileries et de l'Escurial, s'abattre sur cette île, qu'elle en a gardé le nom. L'île des Faisans se nomme aussi île de la Conférence.

Faucon. — Oiseau de proie de l'ordre des rapaces diurnes. Il y en a de plusieurs espèces. Un des plus communs est le faucon-hobereau, petit gentilhomme campagnard dur pour ses fermiers, fier avec ses inférieurs et insolent avec ses voisins, quand ils ne sont pas gentilshommes. N'ayant d'autre passion ni d'autre occupation que la chasse, on le voit souvent sur les terres de ses voisins se livrer à un véritable braconnage, ou s'imposer dans les parties de chasse. Aussi ignorant que sot généralement, il ne sait parler que de ses chiens, de ses fusils, de ses prétendues prouesses cynégétiques. Ce serait à nous dégoûter de la chasse !

Fauvette. — Joli petit oiseau de l'ordre des passereaux, doué d'un ramage des plus agréables. Les fauvettes trouvent souvent cent mille francs par an, et même plus, dans leur gosier. Il en est qui y ont trouvé une couronne de baronne, de marquise, de princesse. Dame! après avoir porté ces couronnes en carton doré au théâtre, il doit être doux de les porter plus sérieusement sur la scène du monde; surtout quand on les porte aussi bien que certaines fauvettes qui honorent plus leur couronne que leur couronne ne les honore.

Fouine. — Mammifère carnassier du genre des martres, véritable fléau pour les maisons où il parvient à s'installer comme locataire. Cherchant et découvrant les secrets de ses voisins, il les colporte après les avoir brodés à sa façon. On a vu des fouines s'introduire dans des basses-cours, des colombiers, au sein de familles honorables, et y causer des dégâts considérables. Méfiez-vous-en, méfiez-vous-en!

Fourmi. — Genre d'insectes hyménoptères, qui vivent en société nombreuse. La fourmi est laborieuse, économe, prévoyante, très serviable pour ses semblables, et rarement coquette. Elle s'occupe avant tout de ses affaires; suit son chemin sans se préoccuper de ce qui se dit ou se fait autour d'elle, et semble animée au plus haut point du sentiment du devoir. Son seul tort est de souvent mal placer ses économies. On trouve ces insectes dans les villes aussi bien que dans les champs, et si l'on en voit souvent faire des dépôts à la caisse d'épargne, il est excessivement rare de voir une fourmi franchir le seuil du mont-de-piété.

Fourmilier. — Genre de mammifères de l'ordre des édentés, dont le nom dérive de l'habitude qu'ils ont de flouer les fourmis. Tout le monde connaît la ruse grossière employée jadis par cet animal pour séduire ses victimes. Il se couchait par terre, sortait une langue d'un pan de long et faisait le mort. Les fourmis, qui sont toujours à la recherche d'un placement avantageux, envahissaient cette langue que le fourmilier retirait subitement, couverte des imprudentes qu'il avalait. Ce moyen par trop usé a fait place à un autre truc. Aujourd'hui le fourmilier ne fait plus le mort, au contraire! Il prend un air affairé doublé d'importance. Il crée de grandes affaires par actions, et se sert toujours de sa langue pour placer ces actions à de pauvres fourmis, que l'amour d'un fort dividende séduit et aveugle. Quand toutes les actions sont placées, le fourmilier retire sa langue, l'argent des actionnaires et ses épingles du jeu. Alors les fourmis épatées, à qui il ne reste que du papier dans la poche (on ne sait pas ce qui peut arriver), crient en chœur : Quel filou! et vont porter de nouvelles économies à un autre fourmilier qui leur joue le même tour. — Fourmilier, mon gredin, tu vaux ton pesant de boue! La bêtise humaine est une mine inépuisable. Celui qui créera des actions pour l'exploier y trouvera toujours son compte. L'Écossais Law a été, dans son temps, un fourmilier assez réussi.

Frelon. — Sorte de grosse mouche-guêpe, qui vit aux dépens de ses semblables. Le monde littéraire en est plus particulièrement infesté. Il est si facile de voler son voisin et de dire au public : « Prenez mon ours ! » Mais il est bien rare que cela dure longtemps. Ces *démarqueurs de linge*, comme on les appelle, sont vite reconnus et relégués au Salon des refusés.

Fretin. — Menu poisson, menu peuple, petite friture.

Furet. — Mammifère dont on se sert pour prendre les lapins, et qui va les chercher dans leur terrier. C'est un malin, celui-là. Il n'est pas facile de lui cacher ce qu'il veut savoir, et de l'empêcher de pénétrer où il veut aller. Le furet a surtout le talent de découvrir une foule d'objets d'une certaine valeur et de se les procurer à bas prix. Il y en a toujours quelques uns à la salle Drouot, qui en sortent raremen les mains vides. Le furet se rencontre souven dans les boutiques de brocanteurs. Cet animal généralement intelligent et futé, rend d'asse grands services à la petite presse. Quand n'est pas chroniqueur lui-même, il donne le nouvelles qu'il attrape un peu partout, ainsi qu les détails qu'il ne manque jamais d'avoir dè qu'un fait saillant et surtout scandaleux do être servi en pâture à ce grand affamé qu'o appelle Paris.

G

Geai. — Genre d'oiseaux de la famille des coraces. Le geai a la parole assez facile et en abuse en réclamant, plus souvent qu'à son tour, la parole pour un fait personnel. Peu scrupuleux pour s'approprier le bien d'autrui, il chipe plutôt qu'il ne vole. Tel geai qui ne prendrait pas un louis chez un de ses amis ne se fait aucun scrupule de lui enlever une canne, un poignard, une photographie, un bibelot, quoi! sauf à rendre ces objets dès qu'on les lui réclame. Plus hâbleur et vantard que méchant, cet animal ne fait guère de tort qu'à lui-même, comme tous les sots qui se trompent en croyant tromper les autres.

Girafe. — Mammifère ruminant d'une très grande taille, rarement proportionné. La girafe a d'ordinaire une tête trop petite pour sa taille, des jambes longues et grêles sur lesquelles il lui est difficile de maintenir un bas convenablement tendu, et des bras d'une maigreur capable de troubler le sommeil d'une araignée. Cette grande pâte de guimauve, car elle est d'un naturel fort doux, a le curieux privilége d'inspirer des passions insensées à de petits barbets qui la recherchent souvent en mariage. Ces derniers espèrent, en croisant les tailles, obtenir des pro duits qui leur fassent honneur (comme taille) et cela arrivant quelquefois, ils ne manquen jamais, en vous présentant leurs enfants, d vous dire avec un orgueil tout paternel : — Il seront aussi grands que leur mère!

Gobe-Mouches. — Genre de la famill des dentirostres, qui se nourrissent de mouche et d'autres insectes : voilà pour le corps. Quan à l'esprit, ils l'engraissent de toutes les sotte nouvelles, des cancans, des bruits de cafés e surtout des balivernes que quelques plaisant pétrissent à leur intention. Gardez-vous de contredire ce qu'un gobe-mouches a lu dans sor journal ou sur un prospectus, il vous répondrait : C'est imprimé!

Goëland. — Oiseau aquatique du genre mouette. Tel on le voit sur l'océan annoncer et braver la tempête, tel on le voit à Paris déployer ses grandes ailes sur les boulevards dès qu'un ouffle révolutionnaire vient troubler le calme abituel.

Grand-duc. — Genre d'oiseau qui règne n souverain sur un duché. On en voyait encore y a peu d'années en Italie et en Allemagne : nais la raison du fusil à aiguille étant toujours a meilleure, ces oiseaux ont disparu. Voilà ourquoi notre fille est muette.

Grenouille. — Reptile batracien, qui asse pour vivre longtemps après qu'on lui a xtirpé le cœur. Il a cela de commun avec les ocottes de Paris, qui sont toutes privées de ce iscère importun. Seulement la grenouille est onne à quelque chose, puisqu'on en fait d'ex-ellents baromètres, tandis que la cocotte ne ert absolument à rien... de bon. De plus, la hair de la grenouille est aussi saine et aussi gréable que celle de la cocotte est, dit-on, mal-aine et fadasse.

Griffon. — Malgré de longues et consciencieuses recherches, les savants ne sont pas d'accord sur l'espèce et la nature de cet animal, que je classe dans la famille des complexes. Voici, au surplus, quelques-unes des opinions les plus accréditées des naturalistes sérieux :

Ornith. Espèce d'oiseau de proie semblable à l'aigle.

Antiq. Oiseau fabuleux ayant quatre pieds, des ailes, un bec, la partie supérieure de l'aigle et l'inférieure du lion. (Le drôle d'oiseau, maman.)

Hist. nat. Espèce de chien à moustache, à poils longs et hérissés sur le devant du corps. (Celui-là n'est plus un oiseau.)

Anc. art. mil. Écouvillon avec lequel on nettoie le canon. (Un chauvin.)

Techn. Lime plate et dentelée sur les bords, dont se sert le tireur d'or. (Un industriel.)

Paléog. Petit sceau du cachet des rois d'Angleterre au moyen âge. (Un savant.)

Ouf! sortez-vous de là, si vous le pouvez, et dites-moi, s'il vous plaît, ce que c'est qu'un griffon.

Grillon. — Insecte de la troupe des sauteurs. Pas rare, cet animal, sur le pavé de Paris. On en voit de temps en temps d'assez lestes pour sauter du péristyle de la Bourse jusqu'à Bruxelles et à Londres. Mais quand il faut revenir, les forces leur manquent quelquefois.

Grive. — Oiseau dont la chair est excessivement succulente. Très voyageuse, la grive quitte les contrées du Nord pour aller passer l'hiver dans les pays chauds. C'est alors, vers le mois d'octobre, quand elle passe à Paris, en venant des eaux d'Allemagne pour se rendre en Italie, qu'il faut la manger en cabinet particulier, arrosée d'une bouteille de pomard. On la mange en salmis; mais quand elle est bien grasse et parfumée au genièvre, il faut la manger rôtie. C'est un morceau de choix, et l'on pourrait citer des princes qui s'en sont léché les doigts dans les cabinets du café Anglais.

Grue. — Espèce de gros oiseau de passage de l'ordre des échassiers. C'est le soir, après la fermeture des bals publics et des théâtres, qu'on voit la grue arpenter les boulevards de onze heures à une heure après minuit. On la reconnaît à ses allures provocantes, à ses propos grossiers, à ses gestes canailles, à sa voix éraillée, à son absence complète de tout respect humain, et surtout du respect d'autrui, cette qualité si rare qu'on en a fait le signe distinctif des personnes comme il faut. Le boulevard Montmartre semble s'être réservé la spécialité de ce gibier faisandé, que la police traque dans certains cafés que je ne nomme pas. Si j'allais leur faire une réclame involontaire. Brrr !

Fig. et fam. C'est une grue. Se dit de certaines femmes du monde qui ont assez mauvais goût pour affecter par leur toilette, leur démarche, leur tenue, un genre qui autorise le passant à les prendre pour ce qu'elles ne sont pas. Quand il arrive qu'on se trompe et qu'on leur parle comme on parle aux grues véritables qui jettent tous les soirs leur chignon par-dessus n'importe quoi, elles se fâchent sérieusement, mais il est trop tard ; elles ont le plaisir de s'entendre dire : « Et ta sœur! »

Guenon. — Femelle du singe, remarquable par sa laideur, ses rides précoces et ses grimaces de carrefour. Il en est qui le soir, au coin des rues, vendent au premier passant venu des caresses usées et des baisers de rencontre. *Trahit sua quemque voluptas!*

Guêpe. — Genre d'insectes hyménoptères qui font de mauvais miel, et de plus, mauvaises piqûres. Il y en a des deux sexes. Les mâles se font assez souvent journalistes; dans ce cas, ils ont le bon goût de s'entre-détruire à la grande satisfaction de la galerie. Rien n'est plus amusant que de voir deux guêpes d'esprit, armées d'un aiguillon bien trempé, se livrer à un combat singulier. Les gavroches qui assistent à ce combat, en tortillant leurs mains dans leurs poches défoncées, ne manquent pas de dire : « C'est-y rigolo! »

Les femelles se trahissent par une taille naturellement fine et tellement comprimée par leur corset, qu'on les croirait coupées en deux. Malheur au moucheron qui a l'imprudence d'approcher de leur nid. Il est enveloppé, lardé, ruiné, houspillé en moins de temps qu'il n'en faut pour l'écrire. Fallait pas qu'il y aille!

H

Hanneton. — Insecte coléoptère, fléau des jardins, des vignes, des vergers et des champs. Il n'est guère plus acceptable dans le monde, où il parle et agit avec une légèreté et une étourderie qui le font coter assez bas; car, tous les ans, quand arrive le mois de mai et que les salons se ferment, on entend des gamins crier dans les rues :

V'là d' z'hannetons, d' z'hannetons pour un liard!

Haridelle. — Vieille jument sèche, maigre, dégingandée, pleine de prétentions, et qui n'a que la peau et les os pour les justifier. C'est peu.

Hérisson. — Petit mammifère remarquable par son corps court et trapu, par sa peau couverte d'une sorte de poil long, dur, piquant et fort hérissé. D'un caractère difficile et susceptible, cet animal s'offense et s'irrite de tout. Il est toujours prêt à vous mettre les poings sur les yeux quand on ne lui met pas les points sur les I.

Héron. — Grand oiseau de l'ordre des

échassiers. Sauvage et stupide, le héron vit seul au bord de la mer, où il passe son temps à pêcher à la ligne, ce qui fournit toute la nourriture de son corps et de son esprit. Un profond observateur a dit : « Ne croyez pas que les âmes solitaires ne sachent rien du monde ; elles le jugent. » Que le diable m'emporte si le héron a jamais jugé quoi que ce soit! Il est vrai que le héron n'est pas une âme, c'est un pêcheur à la ligne.

Hibou. — Espèce d'oiseau de proie nocturne. Ennemi de toute société, le hibou vit seul chez lui, d'où il ne sort que la nuit. Il passe quelquefois son temps à lire de vieux bouquins, aussi tristes que lui ; dans ce cas, les femmes l'appellent « hibou de bibliothèque. » Mais le plus souvent il ne s'occupe de rien ; il sommeille dans un fauteuil, ne supposant pas que l'on puisse faire autre chose.

Hirondelle. — Petit oiseau au vol si léger et si rapide que le printemps en a fait son messager. C'est l'hirondelle qui vient toujours nous annoncer son prochain retour. Rien ne réjouit plus le cœur que de voir, au mois de mai, ce gracieux animal voleter sur les boulevards, paré de ses toilettes d'étoffes claires et légères.

Hobereau. — Espèce de petit oiseau de proie. (Voyez *Faucon*.)

Huître. — Genre de mollusques privés de cervelle. Les huîtres restent fixées au rocher ou au village qui les a vues naître, ce qui a fait croire qu'elles étaient privées de tout organe de locomotion. La vérité est que, sans désir de voir et d'apprendre, sans s'intéresser à autre chose qu'à elle-même, l'huître a horreur des voyages. « Je ne sais imaginer d'autre bonheur pour l'huître que la santé, » a dit quelqu'un ; et pourtant l'huître est quelquefois, comme la robe de Mimi Pinson, « l'étui d'une perle fine. » O nature, voilà de tes coups !

Hyène. — Mammifère carnassier et féroce.

On dit qu'il fouille les tombeaux pour se repaître de la chair des cadavres. C'est une manière de dire que dès qu'une famille vient d'avoir le malheur de perdre un de ses membres, on voit quelques-uns de ces animaux accourir pour exploiter le deuil de cette famille et s'engraisser à ses dépens. La moindre irrégularité dans les affaires du défunt, la moindre difficulté entre les héritiers, la moindre question d'amour-propre de la part des parents, sont horriblement exploitées par ces cruels officieux. Les Égyptiens en avaient fait, dit-on, une divinité, celle de la férocité probablement.

I

Ibis. — Genre d'oiseau échassier, proche parent de la cigogne. J'en ai toujours entendu parler comme d'un oiseau très collet monté, à cause des vertus morales qu'il possède comme sa parente, telles que la tempérance, la vigilance, la fidélité conjugale, la piété filiale et paternelle. Les Egyptiens embaumaient les ibis après leur mort ; aujourd'hui on se contente de prononcer sur leur tombe des discours qui se terminent invariablement par ce cliché : « Il fut bon époux, bon père, bon garde national. » Ce qui n'empêche pas sa veuve d'aller souvent, six mois après, cueillir des consolations dans un entresol de garçon. Bah ! quel mal cela fait-il au trépassé ? Ayons un peu de philosophie et f...lanquons-nous de ça !

Insecte. — Cette dénomination désigne particulièrement tous ces petits animaux que l'on rencontre dans les champs, dans les villes, dans les jardins, sur les promenades, dans les bureaux, dans les cafés, et auxquels on ne saurait assigner une position sociale déterminée. Il y en a de gracieux, de grotesques, de bruyants, de calmes, de brillants, de sombres, d'inoffensifs et de venimeux. Les espèces en sont très nombreuses et les sous-genres se divisent à l'infini. Avant d'atteindre le terme le plus brillant de leur existence, les insectes sont obligés de passer par différents états que l'on nomme métamorphoses, qui sont pour la plupart l'état de larve, de manœuvre, de nymphe, d'apprenti, de chrysalide, de surnuméraire, de clerc, de conscrit, etc., etc. Une fois devenus insectes parfaits (oh !), ils sont électeurs et prouvent par leurs votes intelligents que si le suffrage universel n'existait pas en France, il ne faudrait pas l'inventer ; ou qu'il faudrait au moins inventer une meilleure manière de s'en servir.

Isard (et non Izarn, comme disent quelques personnes). — Nom du chamois des Pyrénées. Tous les touristes qui ont fait des excursions dans les Pyrénées ont eu quelques-uns de ces animaux pour guides. Revêtu d'un costume assez pittoresque et dont les couleurs varient suivant les localités, l'isard est comme le colonel de ces escadrons élégants qui animent les environs de Luchon, de Saint-Sauveur, des

Eaux-Bonnes et de toutes les stations thermales des Pyrénées françaises.

J

Jaguar. — Mammifère de l'ordre des carnivores et du genre chat. C'est la *panthère femelle* de Buffon, et le *grand chat sauvage* de Cuvier. Je crois que ces deux grands naturalistes sont dans l'erreur. Le jaguar est simplement un bretteur, un spadassin d'autant plus redoutable, qu'il est doué d'un très grand courage et d'une agilité extraordinaire.

Jocko. — Un quidam si laid et si grimacier, que beaucoup de gens le prennent pour un singe, ce qui ne l'empêche pas de faire son chemin dans le monde, qui « se contente de grimaces ; il se paie de ce qu'il donne. »

Jument. — Femelle du cheval. On la voit souvent tromper son noble époux, avec qui ?

—Avec un âne.—Pour faire quoi?—Un mulet. — Oh! les femelles, les femelles!

K

Kakatoès. — Espèce de perroquets qui ont sur la tête une huppe de plumes, que l'on appelle un panache, dans le grand-duché de Gérolstein. Ils n'en sont que plus verbeux que les perroquets ordinaires.

Kangorou. — Mammifère originaire de la Nouvelle-Hollande. Il est cocasse, celui-ci; il a le cul plus haut que la tête, et il met ses enfants dans sa poche. — Avis aux mères qui déposent sur le trottoir leurs nouveau-nés enveloppés dans un numéro du *Constitutionnel :* Mme Delpêche, de Montauban, n'ayant pas à Paris une succursale de sa petite industrie.

L

Laie. — Femelle du sanglier (*V.* ce mot).

Lama. — Animal ruminant. Dans l'Inde il rumine des prières ; en France il rumine des rengaînes politiques, ce qui a fait dire à un génie de notre époque : « Plus un homme politique est nul, meilleur il est pour devenir le grand lama d'un journal. »

Lampyre. — Genre d'insectes qu'on

nomme vulgairement vers luisants ou *mouches-à-feu*, parce qu'ils ont la propriété de jeter une lueur phosphorescente. A Paris, la femelle jouit seule de cette propriété. Les lampyres, qui sont nocturnes, vivent près des buissons et des fossés. Bien des enfants et des hommes, qui se croient sérieux, les ramassent avec avidité quand ils en rencontrent le soir, brillant de leur fallacieux éclat, sur le bord des ruisseaux de certaines rues de Paris. Mais quelle déception quand ils ne voient plus le matin qu'une espèce de ver répugnant. Dame! les étoiles elles-mêmes ne brillent pas en plein midi.

Lapin. — Mammifère rongeur, remarquaquable par sa timidité, sa méfiance et ses longues oreilles. On le trouve à l'état sauvage et à l'état domestique. Inutile de dire que le premier est le plus estimé. Le lapin a des qualités trop nombreuses pour les énumérer ici; il en a d'ailleurs que l'on ne pourrait guère chanter qu'en latin. Ne soyez donc point surpris d'entendre dire de certains individus : C'est un fameux lapin.

Léopard. — Mammifère du genre chat, dont il a les mœurs et la conformation. Un peu moins galant pourtant, on le rencontre rarement sur le toit de nos maisons. Le léopard est féroce et ne se laisse que difficilement apprivoiser, c'est-à-dire entortiller. On a beau le flatter, lui faire des compliments et des promesses, il continue à montrer les dents et à s'en servir au besoin.

Levrette. — Femelle du lévrier. Gracieuse, séduisante et excessivement souple, la levrette peut être très dangereuse à fréquenter parce qu'elle partage souvent les fonctions de son mâle (*V.* Lévrier). On la rencontre dans le demi-monde et même dans le vrai monde où elle se présente avec des titres d'emprunt, se fait accepter par ses manières avenantes, et quelquefois aimer par ses caresses fallacieuses, qui n'ont d'autre but que de surprendre les secrets des gens qui lui sont désignés. Elle sait au besoin se donner des allures de grande dame, auxquelles se sont laissé prendre plus d'un malin et plus d'un diplomate, qui ont juré, mais un peu tard..... Vous savez le reste.

Lévrier. — Espèce de chien ainsi nommé à cause de sa légèreté, qui le rend particulièrement propre à la chasse du lièvre, bien qu'il puisse être aussi dressé à beaucoup d'autres chasses. Musculeux, agile, doué d'une vue excellente, qui lui permet de voir de loin et même dans l'ombre, le lévrier est souvent employé par la justice. Elle le lance à la poursuite de malfaiteurs, de conspirateurs, de gens soupçonnés à tort ou à raison, et il est rare qu'elle n'arrive pas ainsi à avoir les renseignements les plus exacts. Il ne faut pas trop compter sur sa fidélité; mais, à un moment donné, il peut rendre et a rendu de très grands services à un gouvernement. Comme tel, il est assez difficile de le distinguer d'un chien ordinaire; ses allures entortillées le désignent seules à un observateur exercé qui n'en est pas longtemps dupe.

Lézard. — Genre de reptiles de la famille des lacertiens, qui habitent dans les fentes des rochers et des vieilles murailles. Les principales espèces sont le lézard vert et le lézard gris. L'espèce des lézards gris comprend tous les retraités des affaires, des administrations, de la galanterie et de la vie active en général, que l'on voit l'hiver boire le soleil au Palais-Royal et le long des murs que le soleil dore de ses rayons bienfaisants. — Celle des lézards verts, ainsi nommés à cause de la couleur verte de leur uniforme, et plus connus sous le nom de *douaniers*, borde la France d'un cordon protecteur qui n'est pas du goût de tout le monde. Comment contenter tout le monde et ses chefs?

A propos du lézard vert, Balzac a dit : « Beaucoup de Français avouent avoir revu les douaniers du pays natal avec plaisir ; ce qui peut sembler l'hyperbole la plus osée du patriotisme. » — Balzac était-il libre-échangiste? Où quelque lézard vert trop zélé lui avait-il saisi des cigares à la frontière?

Lièvre. — Mammifère sauvage et herbivore. Fort timide, et fort léger à la course, le lièvre est une espèce de *chien de Nivelle*. Il suffit qu'un chasseur lui fasse signe d'approcher, pour qu'il décampe à toutes jambes, comme si ce chasseur voulait lui emprunter quelques louis. Il vit habituellement dans les champs, et ne vient en ville que contraint et forcé par un bon coup de fusil ; ce qui prouve qu'il n'a pas toujours tort de fuir les chasseurs.

Limaçon. — Cousin germain de l'escargot (*V.* Ce mot).

Lion. Lionne. — Mammifère carnassier du genre chat. Cet animal passe pour le roi des animaux, à cause de sa force, de son courage et de sa beauté. Ces qualités, qui assurent sa oute-puissance dans les vastes solitudes où il omine en maître, lui donnent aussi dans nos alons une royauté devant laquelle la foule 'incline instinctivement. Mais pour cela, il aut qu'à ces qualités, que l'on pourrait appeler brutales, le lion joigne la fortune, l'élégance, 'intelligence, l'esprit, le talent ou tout au moins ce qu'on est convenu d'appeler les qualités mondaines. Il n'est pas inutile, je crois, de faire remarquer ici que bien des gens confondent le *lion* avec le *dandy*, le *gandin;* c'est une très grande erreur. Ces derniers ne sont qu'une mauvaise copie du lion, qui rougirait de leur être comparé. Le dandy et le gandin ne sont que des ânes recouverts de la peau du lion; ils adoptent la coupe de ses habits; ils affectent d'imiter son langage et d'avoir les mêmes goûts que lui, mais ils sont à leur modèle ce que le courtisan est au souverain. En somme, le lion est une personne distinguée à quelque titre que ce soit, devant qui tous les salons du grand monde ouvrent leurs portes à deux battants, et que les maîtres de maison sont fiers de recevoir. Il est juste d'ajouter que le lion, qui fait de nombreuses victimes dans le désert, n'en fait pas moins dans le monde; là, elles expirent sous la dent et sous la griffe de leur maître; ici, elles languissent dans les tortures d'un amour trahi ou dédaigné. — La lionne est au féminin ce que le lion est au masculin. Sa royauté est surtout établie par l'élégance et la distinction, sans lesquelles la femme — quelle qu'elle soit — n'est jamais qu'une femelle.

Locatis. — Mauvais cheval de louage. Cette dénomination est familière et peu usitée. On dit plus généralement un commissionnaire.

Loriot. — (*V.* Compère-Loriot.)

Loup. — Animal carnassier et sauvage qui ne fréquente pas même ceux de son espèce. Retiré au fond des bois ou de sa demeure, il n'en sort que poussé par la faim. Il vit de rapines et de vols; et c'est dans les villages qu'il va porter l'effroi et la désolation. Le loup proprement dit ne pénètre jamais dans les grandes villes, dont abandonne les profits à son compère le loup-ervier, beaucoup plus malin que lui.

Loup-Cervier. — Espèce de loup, qui xerce ses ravages dans les grandes villes. Il it métier de jouer sur les fonds publics, quand peut le faire à coup sûr à l'aide de renseigne-ients certains, soit qu'il les puise à une source uthentique, soit qu'il se trouve en position de iriger lui-même les événements, auquel cas il pécule surtout dans les entreprises de l'État et ur les besoins publics.

Loup de Mer. — On appelle ainsi les ieux marins qui, après avoir passé la plus rande partie de leur vie sur la mer, sont indif-érents à tous ses dangers et ont perdu, par ette longue absence de la société, les habitudes, es manières, les goûts et surtout les faussetés qui font l'homme du monde.

Louve. — Femelle du loup dont elle par-age toujours les instincts féroces et sauvages ; t de plus, comme les femelles sont toujours extrêmes en tout, elle est bien plus que le loup portée à la débauche. Chez les anciens on peignait une louve comme symbole d'une femme impudique.

Lynx. — Espèce de chat sauvage doué d'une vue tellement perçante, que les anciens croyaient qu'il pouvait voir à travers les murailles. C'est évidemment une exagération, qui se réduit à la facilité qu'a cet animal de pénétrer les secrets de bien des gens, et de voir clair dans beaucoup d'affaires où d'autres se laissent blouser. Le lynx est tout simplement ce qu'on appelle un malin, un retors qui n'a pas froid aux yeux, et qui voit beaucoup mieux à travers les hommes qu'à travers les murs.

M

Macaque. — Un singe, qui ressemble moins à l'homme que beaucoup d'hommes ne ressemblent au singe. Il y en a de plusieurs espèces; les principales sont le bonnet-chinois, la toque, le magot et le macaque proprement dit. Ce dernier est un libertin de la pire espèce, dont une mère prudente doit interdire la vue à sa fille.

Magot. — Animal le plus commun de la famille des singes. Il y a des pères prévoyants, qui le mettent en réserve pour le donner en dot à leurs filles :

> L' jour qu'il maria ses deux filles,
> Un bon papa, comme un nigaud,
> A ses deux gendres, mauvais drilles,
> S'avisa d' donner son magot. »

(Désaugiers.)

Maquereau. (Du latin *macula*, tache.) — Poisson du genre scombre. Mot bas et à éviter. (*V.* Merlan.)

Marmotte. — Mammifère rongeur qui fait une charmante coiffure de femme; mais elle ne porte ce nom que chez les femmes du peuple de Paris et de quelques provinces. Les jeunes filles des Pyrénées et les créoles, qui s'en coiffent avec beaucoup de grâce, rejettent cette dénomination comme peu coquette. Le nom est changé, mais l'objet reste; histoire de bien des choses plus sérieuses dans la vie.

Marsouin. — Un dauphin de carton. De temps en temps il en surgit un qui s'amuse à se faire passer pour Louis XVII. Naïf poisson, va! (*V.* Dauphin.)

Mâtin. — Espèce de chiens robustes et courageux, excellents pour la garde. La police les emploie pour assurer le repos des citoyens. La nuit, surtout, ils rendent de très grands services dans les rues de Paris.

Prov. Qui a bon voisin a bon mâtin. — Celui qui a un bon voisin a une bonne et sûre garde.

Mazette. — Mauvais petit cheval dont on ne peut tirer aucun parti. Aussi insensible à l'éperon et au fouet qu'aux conseils et aux leçons, on l'a pris pour exemple dans cette formule qui règle un des coups du whist :

> Qui joue le singleton est traité de mazette,
> Evitez-en l'abus et bravez l'épithète.

Merlan. — Poisson de mer et de terre d'une chair agréable, mais d'une réputation détestable. Paresseux, débauché, indélicat, le merlan puise ses moyens d'existence dans des liens honteux et vit aux dépens de sa femelle. Non content de se dégrader lui-même, ce poisson fait souvent métier de débaucher et de prostituer de jeunes créatures qu'il exploite à son profit. C'est le plus méprisable de tous les animaux.

Merle. — Espèce d'oiseau de la caste des siffleurs. Ce sot animal ne va jamais au spectacle sans avoir soin de se munir d'une clef forée. Vous croyez qu'il s'en sert pour siffler les mauvaises pièces ou les mauvais acteurs? Allons donc! Il ne la sort de sa poche que pour siffler les auteurs dont il ne partage pas les opinions politiques. Et dire qu'il faut être muni d'un port-d'armes pour pouvoir librement chasser de pareils oiseaux !

Milan. — Oiseau de proie renommé pour sa poltronnerie, et qui ne s'attaque jamais qu'à beaucoup plus faible que lui. *Lisez :* Couard.

Mille-Pieds. — Nom vulgaire de l'ordre des myriapodes, et en particulier du scolopendre. Ces animaux doivent le jour à certains poètes, dont les vers ont plus de pieds que n'en autorise la prosodie, mais qui ne les ont pas assez cambrés pour faire leur chemin dans le monde.

Moineau. — Genre d'oiseau de l'ordre des passereaux. (*V.* Pierrot.)

Moineau se dit d'un cheval à qui l'on a coupé les oreilles, et de certains individus à qui l'on n'a rien coupé, mais qui n'en sont pas plus beaux pour cela. Quand une femme traite son mari de : « Vilain moineau » on peut être sûr qu'elle lui prépare une coiffure de sa façon.

Morue. — Poisson que l'on pêche à Terre-Neuve, et dont la queue sert à faire les basques des habits de cérémonie. L'habit à queue de morue se met à toutes sauces : bal, enterrement, mariage, visite, dîner, spectale. Assez bien porté en toute occasion, pourvu qu'on ne le mette pas avant sept heures du soir, cet habit devient ridicule à la campagne et aux bains de mer.

Mouche. — Genre d'insectes qui se divisent en plus de mille espèces. Dans le dix-septième siècle, certaines mouches se posaient de préférence sur le visage des grandes dames, dont elles faisaient ressortir le teint. Cette espèce, presque entièrement disparue, a fait place à une sorte de mouche, que l'on voit sur la lèvre inférieure de MM. les militaires et des gardes nationaux qui prennent l'uniforme au sérieux. Cette mouche se désigne le plus souvent sous le nom d'*impériale*.

Il est des mouches que la police met à la suite de quelqu'un pour en épier les démarches. Elles forment la plus mauvaise espèce. — Il y en a, enfin, que l'on nomme *fines mouches*, et que l'on rencontre beaucoup dans le monde. Comme leur nom l'indique, elles sont excessivement fines et rusées, et ne se laissent pas facilement prendre. Quand cette mouche a du cœur elle est la providence d'une maison ; quand elle est coquette elle en est le fléau.

Moucheron. — Nom qu'on donne vulgairement à tous les petits crevés, qui voltigent auprès des femmes comme il faut, avec l'illusion de leur donner dans l'œil. L'été dernier, nous étions un soir, trois dames et deux messieurs, assis devant le café Napolitain, quand s'arrête devant nous un de ces petits animaux, si grotesque et si ridicule, que l'élégante Mme de Saint-M..., qu'il considérait avec une certaine fatuité, s'écria toute troublée : « Ah ! mon dieu ! si ça vous piquait on en mourrait ! » — Honni soit qui mal y pense !

Mouette. — Genre d'oiseaux de la horde des goëlands. (*V.* ce mot.)

Moule. — Genre de mollusques bivalves, dont les coquilles creuses sont façonnées de telle sorte, que la matière en fusion, liquéfiée, molle ou détrempée qu'on y introduit, reçoit une forme déterminée.

Mouton. — Un bélier à qui l'on a rogné les cornes. Abruti par de rudes privations, le mouton est trop bête pour être malhonnête, et trop faible pour être méchant. Aussi, tondu et retondu jusqu'au moment où il est conduit à l'abattoir — la retraite — le mouton, que l'on peint comme doux et inoffensif, est tout bêtement une dupe, un imbécile. — Cependant, comme les extrêmes se touchent, cet animal devient parfois d'une férocité sans égale en acceptant un rôle qui en fait un objet d'horreur pour la société, parce que de victime il devient alors bourreau. Je veux parler de ces *moutons* que la justice met auprès d'un prisonnier pour le faire parler, découvrir ses secrets et les dévoiler. Ces misérables, abusant de la confiance qu'ils inspirent, ont quelquefois fait condamner des innocents. Heureusement que ce mouton est une exception excessivement rare dont l'ignominie ne rejaillit en rien sur l'espèce en général.

Mulet. **Mule**. — Mammifère engendré

'un âne et d'une jument, ou d'un cheval et 'une ânesse. Le mulet n'est qu'un métis comnun, vulgaire et d'un entêtement proverbial.)n l'emploie dans certaines contrées et surtout ans les pays montagneux pour porter des fareaux, parce qu'il a le pied plus sûr que le cheal, qu'il est plus sobre que lui et plus fort que 'âne. Cet animal n'est guère propre qu'au méier de portefaix, ainsi qu'à tous ceux qui ne emandent qu'un grand développement de force rutale. — Le Pape a dans ses écuries une nule à qui certaines personnes tiennent à honieur de faire une caresse. Si j'avais à choisir entre cette mule et une grue, je choisirais la nule.

N

Noctiluque. — Petit animal phosphorescent. Les zoologistes qui l'ont observé la nuit prétendent que cet animal n'est pas autre chose que ce qu'on appelle à Paris un chiffonnier. La lueur qu'il répand dans l'obscurité provient de la lanterne dont il se sert pour exercer son industrie.

O

Oie. — Espèce d'oiseau si stupide que nous disons : « Bête comme une oie » de toutes les personnes qui ne sont pas de notre avis. Des historiens crédules racontent encore sérieusement que quelques-uns de ces oiseaux ont sauvé le Capitole. Quelle charge! Ce prétendu fait d'armes n'est qu'un *conte de ma mère l'Oie.* Ce qui paraît beaucoup plus certain, c'est que l'oie a inventé le jeu qui porte son nom : ce jeu, nouvelé des Grecs, est la roulette, le trente-quarante des arrière-petits-neveux de son venteur ; car la race des oies a toujours fourni aucoup de joueurs, qui ne peuvent s'asseoir à le table de jeu sans y laisser des plumes.

Onagre. — Ane sauvage. susceptible d'être pprivoisé. (Voy. *Ane*.)

Orang-Outang. — Espèce de singe encore assez peu connu. Cependant, d'après les otions que l'on a sur cet animal, on est fondé à placer à la tête du règne animal — l'homme xcepté, toutefois — car en fait de grimaces, la lus laide moitié du genre humain en remontreait joliment à tous les singes les plus accomplis.

Orfraie. — Espèce d'aigle d'une voracité elle qu'on a des exemples qu'il a enlevé et lacéré de jeunes enfants. Les cours d'assises retenissent tous les jours des condamnations qui rappent ces animaux, dont les pères de famille e sauraient trop se méfier.

Ouaille. — Espèce de brebis que MM. les curés se réservent le soin de conduire, mais qu'ils ne se chargent pas de nourrir. On ne peut pas tout faire aussi.

Ouistiti. — Genre de petits singes originaires de l'Amérique méridionale. On les reconnaît à leurs favoris ébouriffés, le plus souvent de couleur fauve. Quelques jeunes gens avaient adopté leur coupe de barbe; mais, depuis quelques années, cette mode abandonnée n'est plus guère suivie que par les garçons de café et de restaurant.

Ours. — Genre de mammifères, un des plus parfaits que la nature ait produits, qu'on rencontre dans toutes les parties du monde et sous toutes les latitudes. Aimant à vivre seul, l'ours fuit toute société et tout plaisir mondain ; ce n'est point par sauvagerie qu'il le fait, c'est le plus souvent pour se livrer à l'étude et cultiver l'intelligence dont la nature l'a gratifié. Beaucoup de sots croient avoir fait merveille quand ils ont analement appelé *ours mal léché* un de ces ravailleurs solitaires, comme s'il ne s'agissait ue de danser sur une place publique ou dans ertains salons, de colporter des bavardages de ménagerie, de pêcher des crevettes ou de chasser la biche pour être un ours bien léché. Voilà où conduit la décadence : tout abaisser, même la ottise.

Oursin. — Genre d'animaux de la classe es échinodermes, ainsi nommés à cause des ongues épines dont ils sont armés. L'oursin 'est guère connu et apprécié que sur les bords e la Méditerranée. Rude au toucher, peu avenant et rarement distingué dans ses manières, et animal gagne beaucoup à être goûté. Les ranches laiteuses d'une délicatesse extrême et 'une saveur exquise qu'il offre aux gourmets, ont de l'oursin un des produits les mieux réussis e la mer. Les Marseillais ont pour l'oursin une stime toute particulière. Je me suis laissé dire ue cela pourrait bien provenir de ce que, omme l'oursin, le Marseillais cache sous des ehors peu séduisants des qualités sérieuses qu'il serait injuste de lui refuser. « Allez un jour dans un *cabanon*, m'avait-on dit, manger des oursins et entendre les reparties piquantes de l'esprit marseillais, et vous verrez si Marseille a besoin de sa fameuse Cannebière pour fausser les scies avec lesquelles on cherche à lui scier le dos. » J'y suis allé, et je dois avouer que j'en suis revenu enchanté des oursins et des Marseillais. Qu'on me permette donc de les confondre — dans mes bons souvenirs.

P

Panthère. — Mammifère de l'ordre des carnassiers et du genre chat. Incapable d'attachement ni d'aucun bon sentiment, cet animal est d'une férocité extrême. De mœurs toujours dissolües, la panthère ruine de fond en comble les hommes qui lui tombent sous la patte, puis les flanque à la porte sans leur laisser emporter même un faux-col. Sa vie se passe à ce petit exercice, sans y rien amasser pour ses vieux jours, jusqu'au moment où, traquée par l'âge et la misère, elle va mourir dans quelque coin obscur.

Paon. — Genre d'oiseau de l'ordre des gallinacés, qui fait sa tête avec sa queue. Aussi vain que sot, aussi importun que bavard, aussi nul que satisfait de lui-même, le paon est bien le plus orgueilleux personnage que l'on puisse rencontrer dans une cour. Cet animal a un goût très prononcé pour les habits brodés et les uniformes; il n'est réellement à sa place que dans celui de suisse de cathédrale.

Papillon. — Genre d'insectes dont Lebrun a dit :

> Le papillon, chose frivole,
> Près de la fleur coquette est assez bien placé ;
> Le papillon est une fleur qui vole,
> La fleur un papillon fixé.

Et de Chazet :

Tout l'enchante, rien ne l'arrête,
Et si vous faites sa conquête,
Vous n'avez pris qu'un papillon.

Ces deux citations se passent de tout commentaire.

Papion. — Mammifère de l'ordre des quadrumanes, originaire des côtes d'Afrique. Très doux dans son jeune âge, ce singe, à ce qu'on dit, acquiert en vieillissant une brutalité effrayante. Dame! il trouve que c'est idiot de vieillir, et l'expérience lui a gâté le caractère. N'ayant pas reçu une éducation qui le porte à vivre de résignation, quand on l'embête, il cogne dessus.

Parasite. — Se dit toujours d'un animal qui vit aux dépens d'un autre. On dit aussi écornifleur ou pique-assiette. Il y a parasites et parasites. Il en est que l'on écrase sans pitié, mais il en est que l'on accepte en raison de leur esprit, de leur gaîté et de leurs compliments; car « un parasite qui n'est pas gai, qui ne sait rien, qui se plaint des vins, vous vole. » L'homme n'a pas de plus cruel parasite que certaines femelles.

Pélican. — Genre d'oiseau de l'ordre des palmipèdes, réputé pour sa tendresse paternelle. Le pélican, en effet, retire de son estomac les aliments qu'il a pris, pour en nourrir ses petits. Ceci, à la vérité, n'arrive qu'à la dernière extrémité, car un pélican sérieux n'attend pas d'avoir tout avalé pour dire à ses bambins : « Tiens, il ne vous reste rien; attendez, je viens d'avaler un plat de haricots, je vais les retirer de mon estomac et vous les servir à la vinaigrette. » Ce serait sublime, j'en conviens; mais, enfin, le pélican est généralement plus prévoyant et commence par servir sa couvée. Sur les ornements sacerdotaux, on peint un pélican s'ouvrant les entrailles, par allusion à l'amour de Notre Seigneur Jésus-Christ, qui, dans le sacrement eucharistique, nourrit les fidèles de sa propre substance.

Perce-bois. — Insecte coléoptère qui perce le bois. Lisez vrille.

Perce-oreilles. — Genre d'insectes orthoptères dont on se sert pour percer les oreilles des petites filles, que le désir de porter des boucles d'oreilles empêche de dormir.

Perdrix. — Espèce d'oiseau de la famille des indiscrets, qui a la manie de venir fourrer ses yeux entre les doigts de pied de certains individus, à qui cette visite occasionne des douleurs intolérables. Le seul moyen de s'en débarrasser est d'introduire un tampon de linge ou de charpie entre les doigts examinés de trop près. La perdrix qui se voit prise sur le fait retire sa tête, et le mal est extirpé.

Perroquet. — Genre d'oiseau de la famille

des grimpeurs. Ces oiseaux, qui ont plus de bec que d'intellect, jouissent d'une réputation de beaux parleurs, parce qu'ils répètent à tout propos quelques mots appris par cœur. Jamais un mot, une repartie, une observation qui leur soient propres ne sont sortis du bec de ces oiseaux, qui n'en réussissent pas moins quelquefois auprès de certaines femelles; car

> Toujours le beau plumage et le joli caquet
> Ont fait fortune chez les belles,
> Et souvent il ne faut, pour briller auprès d'elles,
> Qu'un mérite de perroquet.

Perruche. — Femelle du perroquet. Bavarde, ennuyeuse, agaçante, criarde et forte en bec, la perruche inonde de volupté certains perroquets, avec qui elle chante des duos que je vous souhaite de ne jamais entendre.

Phoque. — Animal amphibie, doux, intelligent et susceptible d'attachement. Que voulez-vous de plus? Ce n'est pas un gandin, c'est vrai, mais c'est beaucoup que d'être amphibie : une

8.

bête de cette espèce n'est pas gênante. La pose-t-on délicatement sur la terre? elle vous bat des entrechats de reconnaissance. La flanque-t-on à l'eau? elle en nage de joie. Que de gens avec qui il n'est pas aussi aisé de s'entendre!

Pie. — Oiseau du genre corbeau. La pie est connue par son penchant à s'approprier tous les objets de métal précieux. Quelques personnes croient qu'elle prend indifféremment tout ce qui brille; c'est une très grande erreur. Le ruolz, le cuivre, le ferblanc ne la tentent que très rarement; il faut qu'elle soit tombée bien bas pour s'attaquer à si piètre butin. Les pièces d'or et les bijoux sont les objets sur lesquels la pie s'abat de préférence. Aussi ne saurait-on trop engager les jeunes gens à se méfier de cet oiseau qu'ils ont l'imprudence d'introduire chez eux, séduits par son plumage noir et blanc, qui lui donne des airs de veuve à consoler. Il semble que pour dissimuler ses coupables projets, la pie prenne à tâche d'étourdir les gens qu'elle veut dépouiller, tant son bavardage a quelque chose de criard et d'énervant. Toujours effrontée et bavarde, la pie est une visiteuse à ne recevoir qu'avec une excessive réserve. Le mieux serait peut-être de ne l'accepter jamais chez soi — qu'empaillée.

Pie-Grièche. — Genre d'oiseaux de la famille des dentirostres. Aigre, criarde, acariâtre et querelleuse, la pie-grièche est une maîtresse de maison qui fait constamment le vide autour d'elle. Parents, amis, voisins et serviteurs la fuient avec un ensemble admirable, mais qui ne modifie en rien son caractère; au contraire! — Quoique la pie-grièche se rencontre assez fréquemment dans la société parisienne, il serait injuste de la généraliser comme on l'a fait dans cette définition plus piquante que juste : « Les femmes sont des oiseaux qui changent de plumage plusieurs fois par jour; ce sont des pies-grièches dans le domestique, des paons dans les promenades, et des colombes dans le tête-à-tête. »

Pas toutes! pas toutes! Une pie-grièche qui devient colombe, me paraît un peu raide!

Pierrot. — Nom vulgaire du moineau franc. Après avoir joué un rôle assez important dans la comédie italienne, cet oiseau est descendu à ne plus figurer que dans les parades de la foire. Bohême avant tout, le pierrot n'a jamais rien à lui et vit de ce qu'il a. Peu soucieux du lendemain, quand il a des rêves, ce sont rarement des rêves d'ambition. Bon enfant au fond, le pierrot a le tort de cultiver la carotte, ce qui l'oblige à être plus hardi et plus familier que ne le comportent les bienséances.

Prov. et fig. Tirer sa poudre aux pierrots: prêter aux gens qui ne rendent jamais.

Le costume que cet oiseau porte dans ses parades est en carnaval un costume de déguisement. Beaucoup de gens croient se travestir en l'endossant; étrange illusion! C'est le seul moment de l'année où ils soient dans leur véritable costume.

Pigeon. — Oiseau qui est le type d'une famille de l'ordre des gallinacés. Cet oiseau, extrêmement facile à plumer, est la nourriture habituelle des biches, des grues et des panthères. On le rencontre assez fréquemment sous le péristyle de la Bourse, d'où il ne descend jamais sans laisser quelques plumes que se disputent les albatros, les loups-cerviers et autres animaux carnassiers. Le pigeon se mange rôti, à la crapaudine, au gratin, en compote et au naturel. Cette dernière façon de le déguster est, dit-on, la meilleure. Communément, on divise les pigeons en deux espèces : les domestiques qui sont tendres, amoureux, roucoulants et naïfs ; et les voyageurs, qui, moins familiers, n'en sont pas plus malins pour ça. Les premiers sont pris et mangés à Paris ; les seconds vont se faire plumer à Bade, à Hombourg, à Spa ou à Monaco. Les banques de jeu et les maîtres d'hôtels en sont très friands. On pourrait dire que ce pigeon leur tombe tout rôti, tant ils se donnent peu de mal pour en tirer tout le parti possible. Nos grands-pères s'appliquaient une aile de cet oiseau de chaque côté de la tête, et appelaient cela se coiffer en ailes de pigeon. Ce n'était pas plus ridicule que de se partager les cheveux jusqu'à la nuque, comme on le fait de nos jours.

Pingouin. — Espèce d'oiseau qui a les ailes tout à fait impropres au vol. On range dans cette espèce tous les individus qui ont une langue impropre à la parole, des yeux impropres à la vue, une intelligence impropre à la compréhension.

Pinson. — Petit oiseau d'une gaîté folle. La nature semble ne l'avoir créé que pour égayer le paysage. Un vrai boute-en-train, quoi ! (Ne pas confondre avec le boute-en-train qui remplit, dans les haras, les fonctions de préparateur. Pouah !)

Porc. — Nom sous lequel les gens comme il faut parlent du cochon. Il semble que changer le nom, c'est changer la chose. Illusion bizarre à laquelle nous nous laissons tous prendre. Et cependant, il est peut-être vrai que s'il fallait toujours appeler « un chat un chat, » il y a diablement de choses et de gens dont on ne parlerait jamais dans le monde.

Porc-Épic. — Espèce de lapin colporteur qui fait le commerce des aiguilles à tricoter. Quand cet animal passe dans les rues avec ses aiguilles sur le dos, ou le prendrait pour un énorme marron d'Inde. Un jour, j'en rencontrai un dans la rue Saint-Georges qui s'avança vers deux dames fort élégantes et leur offrit sa marchandise. L'une d'elles le regarda avec un étonnement mal comprimé et lui répondit gravement :

Des aiguilles! fi donc! quelle dame aujourd'hui
Ne se croirait déshonorée
De se voir une aiguille entre ses doigts fourrée?
Nulle n'en veut porter, pas même en son étui.

Cette réponse, un peu trop réaliste, sortait de la bouche d'une des plus jolies actrices d'un théâtre de genre. Quant au porc-épic, il resta comme foudroyé. Puis, se remettant bientôt, je l'entendis grommeler en s'éloignant :

— Avec quoi que tu travailles, toi?

Pou. — Insecte parasite très mal porté, qui

n'a jamais pu parvenir à s'implanter dans la bonne société. Un préjugé d'*aristos* probablement : ces gens-là ont de si drôles d'idées!

Poularde. — La femelle du chapon. Tout le monde connaît le *Dialogue du chapon et de la poularde*, par Voltaire, qui débute ainsi :

LE CHAPON.

Eh mon Dieu! ma poule, te voilà bien triste! qu'as-tu?

LA POULARDE.

Mon cher ami, demande-moi plutôt ce que je n'ai plus, etc., etc.

Je m'arrête de peur de vous donner la chair de poule, Voltaire ne gazant pas l'opération. J'ajouterai seulement que l'on a entendu des poulardes, s'inspirant de la tendre Héloïse, dire à leur chapon attristé :

Serre-moi dans tes bras! Presse-moi sur ton cœur :
Nous nous trompons tous deux ; mais quelle douce erreur
Ne nous souvenons plus de notre état funeste,
Couvrons-nous de baisers... nous rêverons le reste.

Toujours pleines de dévouement et de bonne volonté, les femelles !

Poule. — La femelle du coq. La poule est un oiseau domestique qui rend d'immenses services à son maître, surtout lorsqu'elle pond des œufs d'or, ce qui arrive assez rarement. En la trayant, on en obtient le lait de poule très apprécié des vieux catarrheux (comme moi), pour qui c'est un calmant et un adoucissant excellent. Quand la poule n'a plus de lait, ou qu'elle ne pond plus que des œufs de ferblanc, on la met au pot, et sa chair fine et délicate fournit encore un très bon repas. Cette volaille est si estimée, que dans beaucoup de jeux elle forme l'enjeu à gagner par les joueurs, qui l'emportent avec d'autant plus d'empressement qu'elle est plus grasse. Un proverbe dit : *Quand la poule veut chanter comme le coq, il faut lui couper* *le cou*. Qu'en pensent certaines *conférencières*, qui se figurent que faire partie de la garde nationale est le sort le plus doux, le plus digne d'envie? Je le leur souhaite.

Poulet. — Jeune coq qui sert d'intermédiaire entre deux amoureux. Il se charge de remettre les déclarations, si brûlantes qu'elles soient, d'indiquer l'heure et le lieu des rendez-vous, de calmer les douleurs de l'absence, d'aider aux réconciliations, d'appuyer les appels de fonds, et fait, généralement, tout ce qui concerne son métier de mercure galant.

Poulette. — Jeune poule qui ne demande qu'à grandir pour apprendre bien des choses dont on ne parle devant elle qu'avec certaines restrictions. Elle est charmante à voir et à observer; ses yeux vous font tant de questions! On désigne, par ironie, sous le nom de poulettes, quelques laitues montées qui font semblant de rougir et de baisser les yeux dès qu'elles entendent parler d'amour, comme si l'on baissait les yeux alors que la peau parcheminée se refuse à toute coloration d'innocence. On a beau dire : « Qui exagère la pudeur doit exagérer l'amour. » Merci ! *Timeo Danaos! Je crains les Danaïdes!*

Pourceau. — Jeune porc chez qui le vice et la malpropreté n'attendent pas le nombre des années.

Poussin. — Petit poulet farci d'illusions. Il rêve les conquêtes du coq et ne trouve souvent plus tard que les défaites du chapon. Ça fait froid dans le dos.

Puce. — Petit insecte de la famille des parasites et des sauteurs. La puce est un des plus grands ennemis de notre repos, qu'elle trouble nuit et jour par des piqûres insupportables. Il en est qui ont la manie de s'introduire dans nos oreilles comme les vérités que l'on ne voudrait jamais entendre. Oh ! alors, il n'y a plus moyen de manger ni de dormir jusqu'à ce qu'on s'en soit débarrassé, ce qui n'est pas toujours facile. Rien ne met la puce à l'oreille d'un mari comme de voir sa femme broder des pantoufles pour un sien cousin.

Punaise (des mots français *puer* et *nez;* qui pue au nez ou du nez). — Genre d'insectes plats et infects qui sucent le sang de l'homme, troublent son sommeil et empoisonnent son existence. Ne nous étendons pas sur cette pauvre bête que ses effluves rebutantes rendent impropre au service militaire, au service conjugal, ainsi qu'à tous ceux qui entraînent un contact rendu impossible par l'ozène, cette affreuse maladie dont la punaise est victime. Constatons seulement que l'insecticide Vicat est venu simplifier le moyen de nous débarrasser de cet insecte sans avoir recours à la violence de ce chimiste célèbre qui, interrogé s'il connaissait un remède contre les punaises, répondit :

— J'en connais un.

— Quel est-il ?

— Mettre le feu à la maison.

Putois (du latin *putere*, puer). — Animal sauvage qui, lui aussi, a l'infirmité de répandre une odeur insupportable. On prétend que c'est parce qu'il a toujours ses poches pleines de bouts de cigares dont il fait le commerce. Que ce soit cela ou autre chose, n'importe ; brûlons une pastille du sérail et dirigeons notre objectif sur de moins navrantes infortunes sociales.

Quadricornes. — Famille d'insectes aptères qui ont quatre cornes ou quatre antennes. Ces animaux, fort communs dans le monde, sont les seuls à ne pas se douter de leur luxe de cornes qui crèvent les yeux de tout le monde.

Quanpian. — Oiseau du Brésil qui offre de grands rapports avec le gobe-mouches. Les niais sont les mêmes partout.

Quapactotl. — Oiseau rieur, coucou du Mexique. (Il y en a partout, des coucous.) Cet oiseau est plein de bon sens et de philosophie. Ce qui se passe dans son malheureux pays est bien fait pour faire rire un brin les gens qui, à l'exemple de Figaro, se hâtent de rire de tout pour n'avoir pas à en pleurer.

Quoimeau. —Nom vulgaire du petit butor. Il est beaucoup plus connu sous le nom de petit crevé.

R

Rat. — Mammifère rongeur. Les rats se divisent en plusieurs espèces qui sont toutes omnivores. Les principales sont les rats d'église, les rats de cave et les rats de l'Opéra. Les rats d'église se nourrissent principalement de vieux cierges et logent dans les confessionnaux. L'instinct de cette espèce est peu développé. Ils sont, en général, nocturnes et très sédentaires; ils pensent que, pour eux, comme pour tout bon catholique, hors de l'Église il n'y a point de salut. Les rats de cave, supérieurs aux précédents comme instinct, ont tous une instruction primaire qui leur permet d'exercer des fonctions publiques aussi fatigantes et désagréables que peu rétribuées, bien qu'elles le soient toujours à leur juste valeur. Ils sont la bête noire des marchands de vin et des débitants de tabac, et cependant ils ne passent pas pour être bien féroces, on les dit plutôt importuns. Que voulez-vous! quand on en est réduit à ronger le budget de l'État, il faut bien faire son service. Ces rats sont assez ordinairement de mœurs patriarcales; ils aiment la vie de famille, se marient de bonne heure et n'aspirent à d'autre bonheur qu'à celui des petits ménages besoigneux, qui consiste à tirer le diable par la queue et à faire des enfants. Le rat de l'Opéra est une autre affaire. Pour lui la famille : A Chaillot! Après avoir, le plus ordinairement, vu le jour dans une loge de concierge, il déploie ses petits talents devant les loges d'avant-scène et ne dédaigne pas l'amitié des beaux messieurs qui en sont le plus bel ornement. Ce rat ronge les meubles de prix, les dentelles, les cachemires, les truffes et même les billets de banque. Il est vif, éveillé, fort remuant. Gracieux de formes, le rat de l'Opéra est un petit animal fort agréable à voir et sur qui bien des lorgnettes sont braquées de tous les points de la salle, quand il traverse la scène en sautillant, soit seul, soit en compagnie de ses pareils, ce qui arrive toujours quand l'orchestre exécute des airs de ballet. Ce rat a un mépris assez prononcé pour les rats des deux espèces précédentes. Il tient aux arts par le bout de la queue, et l'on sait que pour les artistes le *bourgeois* est, comme le *pékin* pour le soldat, un rien du tout.

Renard.—Mammifère du genre chien, renommé pour son intelligence et sa finesse. « Fin autant que circonspect, ingénieux et prudent, même jusqu'à la patience, dit Buffon, le renard varie sa conduite, et a ses moyens de réserve qu'il sait employer à propos. » En effet, on a vu des renards cacher leur queue pour tâcher de ne pas être reconnus ; d'autres apprendre à hurler avec les loups et à bêler avec les agneaux. On rencontre des renards dans presque toutes les professions et dans toutes les classes de la société ; mais on en trouve surtout parmi les gens déclassés qui n'ont jamais exercé de profession bien définie. Le caractère dominant du renard est d'aimer à flâner sur les marges du Code qu'il a eu soin de bien étudier. Je ne veux pas dire par là que ce soit un malhonnête animal ; mais, comme il a appris à hurler avec les loups, il a adopté le principe qu'il est permis de jouer à fin contre fin, et près du renard, le renard contrefaire.

Requin. — Poisson du genre squale. Son nom lui vient du mot latin *requiem,* parce qu'un nageur qui rencontre cet animal au détour d'une vague n'a plus qu'à réciter son *requiem.* A Paris, les requins se tenaient la nuit sur les ponts et faisaient l'effroi des passants attardés. Depuis que la police est beaucoup mieux faite, et que les ponts sont éclairés au gaz, les requins sont plus rares et la circulation plus sûre.

Rhinocéros. — Mammifère remarquable par sa taille énorme, qui le classe immédiatement après l'éléphant, par sa laideur et une corne qu'il a sur le nez. Pourquoi sur le nez ? Pour pouvoir plus aisément garder son chapeau sur la tête et se préserver des coryzas auxquels le prédispose son séjour habituel sur les rives des fleuves.

Roitelet. — Joli petit oiseau, chef d'un petit État, qui a le grand tort de ne pas avoir cent mille baïonnettes à son service. Aussi les oiseaux de cette espèce disparaissent-ils peu à peu, comme les grands-ducs, en raison du principe que la raison du plus fort est toujours la meilleure.

Roquet. — Sorte de petit chien très commun de la race ou de la famille des dogues. Le monde est encombré de ces petits animaux envieux, jaloux et impuissants, qui passent leur vie à tout critiquer, à tout dénigrer, et qui poursuivent de leurs aboiements sans portée tout ce qui leur fait sentir leur petitesse. Il est reconnaissable à la prudence qu'il met à n'aboyer que de loin. La prudence est mère de la lâcheté.

Rossignol. — Petit oiseau de la famille des becs-fins, remarquable par la fraîcheur, la flexibilité et l'étendue de sa voix, qui le classe parmi les forts premiers ténors. Très rare et fort difficile à élever, cet oiseau est excessivement recherché par les directeurs des grandes scènes lyriques, qui le logent dans une cage d'or. Quand à l'harmonie de son gosier le rossignol joint un plumage élégant et les manières de l'homme du monde, il ne tarde pas à jouer ailleurs qu'au théâtre les rôles de jeune premier avec autant de succès que sur la scène.

— Pour nous, me disait un jour un rossignol bien connu à Paris, notre gosier est le canon rayé de l'amour.

Rouge-gorge. — Oiseau du genre de la fauvette. Sans être un artiste à la hauteur de la fauvette et du rossignol, le rouge-gorge est un chanteur agréable que l'on se surprend à écouter avec plaisir. Gai, familier et complaisant, cet oiseau ne se fait pas prier quand on lui demande de chanter quelque chose. Il aime la société, se fait bien venir de toutes les personnes qu'il fréquente. Sympathique et bien élevé, le rouge-gorge est ce qu'on appelle un charmant garçon, pour qui les mères de famille ont toujours un accueil empressé et un consentement à signer à l'occasion.

Rouget. — Espèce de poisson appartenant à la famille des mules. Les uns prétendent que le rouget doit son nom à la couleur de ses cheveux, d'autres à la teinte écarlate de ses opinions politiques. Quoi qu'il en soit, sa chair est assez délicate, et était surtout recherchée dans l'ancienne Rome.

S

Sagouin. — Espèce de singe malpropre et sans soin de sa personne. Ce sale animal traite de gandins et d'*aristos* les gens qui prennent des bains, se servent de brosses à ongles, portent des gants et observent les lois les plus élémentaires de la propreté et des convenances. Penser qu'une foule de sagouins circulent librement dans les rues de Paris ! C'était bien la peine de construire le grand égout collecteur.

Salamandre. — Genre de reptile batracien, qui était considéré comme pouvant braver l'influence du feu : c'est une erreur. Le feu de la discorde lui est seul indifférent. Aussi la salamandre semble-t-elle le rechercher en s'occupant beaucoup de politique, et en jetant sur toutes les questions cette huile de la mauvaise foi qui en active les flammes, et fait qu'on ne parvient souvent à l'éteindre qu'en froissant les intérêts du commerce, de l'industrie et de toute la partie paisible d'un pays.

Sanglier. — Type sauvage du cochon domestique ; le Dumolard de la zoologie.

Sangsue. — Annélide suceur. Il y a plusieurs espèces de sangsues; la plus commune est celle qui s'attache aux jeunes gens et leur suce leur patrimoine avec une avidité répugnante. Quand on veut la faire prendre, on lui offre à dîner, on lui adresse des loges de spectacle et même des bijoux. Lorsqu'on veut, au contraire, lui faire lâcher prise, on ferme subitement son porte-monnaie, et elle se retire avec une rapidité assez curieuse à observer.

Une autre espèce de sangsues se rencontre dans presque toutes les familles, parmi les amis et connaissances; celles-là prennent toutes seules et il n'est pas facile de leur faire lâcher prise. D'autres, enfin, se trouvent dans le monde des affaires et dans le commerce; elles ont la spécialité de réclamer toujours plus qu'il ne leur est légitimement dû. On s'en débarrasse assez aisément en entrant dans une justice de paix.

Sapajou. — Espèce de singe laid et ridicule; il est au moral ce que le sagouin est au physique. Mentionnons en passant cette particularité curieuse, qu'il pleure comme un veau quand on le tourmente. Lui est-il quelquefois donné de constater que les larmes perdent toute leur amertume dès que la main de l'amour les essuie? — C'est douteux.

Sardine. — Petit poisson de mer que l'on pêche dans l'Atlantique et dans la Méditerranée. Il y en a de rouges, de jaunes, de dorées, d'argentées. Sa chair, assez agréable, est du vrai nanan pour les soldats, qui en sont très friands. Quand ils ont été bien sages, on les récompense en collant une ou deux sardines sur la manche de leur habit, et cet ornement leur donne une considération qui ne peut être augmentée que par les petits disques de métal qu'on suspend sur leur poitrine :

> Deux gendarmes, un beau dimanche,
> Chevauchaient sur un sentier :
> L'un portait la sardine blanche,
> L'autre le jaune baudrier.
>
> (G. Nadaud.)

Sarigue. — Mammifère qui, à l'exemple du kangourou, a la manie de mettre ses enfants dans sa poche. Je n'y vois pas de mal.

Saumon. — Genre de poisson d'une chair très délicate et très estimée, surtout quand elle est d'argent; elle est quelquefois d'étain ou de plomb. On pêche aussi une espèce de saumon dont la chair est d'or. Ce dernier est plus connu sous le nom de lingot.

Sauterelle. — Genre d'insectes qui sautent assez loin et assez haut à l'aide de leurs pattes postérieures, beaucoup plus longues que les autres. Parmi les sauterelles, il en est qui se contentent de sauter dans les réunions particulières et dans les bals officiels; laissons-les faire : liberté, *libertas!* D'autres, que le hasard de la fortune n'a pas favorisées, tirent parti de leur souplesse et de leur grâce en sautant devant un public payant. Ces dernières sont généralement connues sous le nom de danseuses. Quand elles peuvent arriver à consteller la scène de l'Opéra, c'est-à-dire à être classées parmi les *étoiles*, leur avenir est assuré et leur fortune faite. Elles ont alors des appointements de général de division ou de directeur général.

Qu'est-ce que c'est que ça? direz-vous. Peu de chose, j'en conviens, de quoi payer quelques bijoux de fantaisie. Aussi, un grand nombre de sauterelles, qui sont parfaitement de notre avis, ont-elles soin d'ajouter à ces appointements des revenus qu'elles ne gagnent plus en sautant, au contraire... Mais respectons l'amendement Guilloutet!

Scarabée. — Nom que les anciens et le vulgaire ont donné à tous les insectes de l'ordre des coléoptères. Ces animaux forment la masse des petites gens, du menu peuple que l'on écrase avec ou sans préméditation, sans que l'équilibre européen en soit troublé.

Scorpion. — Genre d'arachnides pulmonaires. Le corps de ces animaux se termine par un dard à la base duquel sont deux orifices qui laissent couler une liqueur venimeuse sécrétée par l'envie et la jalousie. Cette liqueur contient de la médisance et de la calomnie panachées de la plus amère bêtise. La piqûre du scorpion est rarement dangereuse ; elle part de trop bas. Cependant, comme elle peut causer de graves accidents, il est bon de s'en préserver en écrasant tout scorpion que l'on rencontre, quand il n'est pas trop plat sous le pied.

Sèche. — Genre de mollusques au corps ovale et allongé. Ces animaux ont plusieurs paires d'appendices contractiles dont ils se servent pour faire de nombreuses victimes ; de plus, ils ont la faculté de répandre une sorte de liqueur noire vulgairement appelée tripotage, qui trouble fortement les réunions dans lesquelles on a la faiblesse de les recevoir.

Secrétaire. — Genre d'oiseaux diurnes, intelligents et généralement fort instruits. Le secrétaire remplit d'habitude des fonctions de confiance auprès de personnes quelquefois éminentes, et quelquefois trop sottes pour pouvoir se passer de cet auxiliaire.

Que de gens qui ne savent rien
Ont fait croire à leur savoir-faire,
Et cela pour avoir su bien
Choisir leur secrétaire.

Ces oiseaux précieux se divisent en plusieurs espèces; les principales sont les secrétaires d'État, les secrétaires d'ambassade, les secrétaires généraux, le secrétaire intime d'un ministre. Ce dernier, « comme la femme chaste, doit n'avoir de talent qu'en secret et pour son ministre. S'il a du talent en public, il est perdu.» Il ne faut pas confondre cet oiseau avec un petit quadrupède du même nom, essentiellement domestique, sur lequel on écrit, et où l'on renferme des papiers.

Serin. — Petit oiseau du genre gros-bec qui pose pour le chant, parce que la nature lui a donné une petite voix de tête tout au plus bonne à siffloter quelques airs populaires. Assez simple d'ailleurs, cet oiseau croit assez facilement que *c'est arrivé* quand on le félicite sur sa belle voix et la manière dont il vient de chanter. Il a pour femelle la *serinette*, lauréat du Conservatoire, qui n'opère, le plus ordinairement, que sur une seule octave. Elle chante quelquefois des duos avec son mâle, mais il arrive souvent que si le ton de la serinette est trop élevé, le serin perd sa voix par l'effort qu'il fait en voulant y atteindre. Grande perte ! Inutile de rappeler que le serin, comme la serinette, ne font que répéter quelques airs qu'on leur a serinés ; airs toujours vierges de nuances et d'expression.

Serpent. — Animal rampant qui n'a rien de répugnant pour les femmes, qu'il a le talent d'enjôler avec un chic tout particulier. Originaire du paradis terrestre (lisez Paris), le serpent est le fondateur de la dynastie des séducteurs. Notre arrière-grand'mère, Mme Ève, fut la première victime de cet effronté coquin. A l'époque où elle vivait, le café de Foy, la Maison-Dorée, le café Anglais n'étant pas encore établis sur le boulevard, le serpent ne put pas l'y conduire pour lui offrir, en animal qui sait son monde, des truffes, du champagne et des propos décolletés. Il se contenta de lui glisser une pomme dans la main et un compliment à l'oreille, et la faible femme lui accorda tout ce qu'il voulut, en lui disant bien bas, bien bas :

— Arthur, ne me demandez rien !

Depuis, les serpents ont continué ces bonnes traditions, sauf la pomme et le compliment qui, de nos jours, paraîtraient un peu panés. On prétend qu'il y a des serpents à sonnettes, je n'en ai jamais entendus ; des serpents à clef, ce doit être ce qu'on nomme des chambellans ; et quelques autres espèces qui se cachent sous les fleurs. Ils ont bien raison, on doit être mieux sous les fleurs que sous une paire de vieilles bottines !

Singe. — Première famille de mammifères de l'ordre des quadrumanes, renfermant plusieurs espèces dont nous avons déjà eu occasion de parler. (*V.* Jocko, Macaque, Magot, Orang-Outang, Ouistiti, Papion, Sagouin, Sapajou.)

Sole.— Division du genre pleuronecte, renfermant des poissons dont le principal caractère est une bouche contournée du côté opposé aux yeux et garnie seulement de ce côté-là de fines dents de velours. La sole commune est un poisson d'un fort bon goût dont la chair délicate est d'un placement facile à Paris dans les restaurants à prix fixe, mais peu recherchée sur les bords du Bosphore. Pour les Turcs, un peu matérialistes, ce poisson a le tort d'être trop plat et d'être obligé de corriger ce défaut de nature. Les Français, qui mangent la sole frite ou au gratin, lui pardonnent de mettre du coton sur ses hanches et dans son corset; mais les gandins de Constantinople, qui la préfèrent au naturel, ne peuvent se faire à cet ingrédient perfide.

Souris. — Espèce du genre rat. Petit animal fort éveillé, gracieux et charmant à voir quand il court sur les lèvres d'une jolie femme à qui l'on s'adresse, parce qu'on croit alors qu'il vous est destiné. Ce n'est souvent qu'une cruelle illusion, car cet animal est trompeur et se prête à toutes les petites trahisons de la femme.

Quelle souris (1), celle que vainement
Cherche l'époux et qu'on donne à l'amant.

T

Taon (Tan). — Grosse mouche pourvue d'une trompe dure, propre à percer la peau des animaux, et d'un bourdonnement capable d'agacer les nerfs d'un fort de la halle. Cet insecte diptère, qui vient toujours se brûler les ailes aux bougies de la bienséance, est le fléau des théâtres lyriques, où il a le mauvais goût d'ac-

(1) On dit aussi sourire.

compagner les chanteurs en bourdonnant des motifs qu'il se figure savoir, qu'il dénature, et dont il écorche les oreilles de ses voisins. Quand on a le malheur de tomber à côté de pareils incongrus, on sent tout ce que la loi du talion a de bon, en fourrant, à son tour, dans leurs oreilles quelques vérités bien senties.

Tarentule. — Espèce d'araignée dont la piqûre détermine des mouvements convulsifs et la dansomanie. Quelques zoologistes grincheux ont nié cette propriété à la tarentule ; c'est une injustice de la part de ces auteurs que cet animal n'a jamais poussés à l'irrésistible besoin d'une polka ou d'une pirouette. Vous ne savez donc pas, naïfs savants, que la tarentule choisit ses sujets? Pensez-vous qu'elle puisse s'attaquer à de vieux bouquins de votre espèce? Allons donc, vous nous faites de la peine! Tenez, puisque nous sommes au bal, demandez à cette crevette rose pourquoi elle danse à s'en faire mourir ; qu'une tarentule de la pire espèce me pique si elle ne vous répond :

— J'ai eu la chance d'être piquée deux fois

par ce tarentule mâle que vous voyez là-bas près du piano avec un gilet en cœur, une rose à la boutonnière, les cheveux partagés sur le milieu du front, et, depuis, je ne peux plus tenir en place!

Si cela ne vous suffit pas, adressez la même question à ce lion à tous crins qui examine l'éventail de cette sarigue en bleu; que deux tarentules me piquent s'il ne vous répond à son tour :

— Que voulez-vous! cette tarentule en noir, qui a l'air si distingué et qui cause près de la cheminée avec un monsieur décoré, m'a mordu jusqu'au sang, et, depuis, je suis atteint du plus violent tarentisme!

Que ces épreuves, que j'ai tentées dix fois et qui m'ont toujours donné le même résultat, vous prouvent, savants moroses, que la piqûre de la tarentule détermine bel et bien des convulsions et la dansomanie. Sur ce, que Dieu vous en préserve, dans le cas où quelque tarentule affolée ne se laisserait pas intimider par votre parchemin.

Taupe. — Genre de mammifère de l'ordre des carnassiers. La taupe vit généralement dans des sous-sols, où elle tripote on ne sait trop quoi. Qui diable aurait le courage d'aller observer de pareilles maritornes! Tout ce que l'on sait de ses mœurs, c'est qu'elle est très indulgente pour elle et fort grincheuse avec les autres, ce qui a fait dire à La Fontaine :

Lynx envers nos pareils, et taupes envers nous,
Nous nous pardonnons tout et rien aux autres hommes.

Taureau. — Nom du mâle entier dans l'espèce du bœuf domestique. Cet animal au cou large et musculeux, doué d'une voix forte et retentissante, joue les premiers rôles dans le théâtre espagnol. Dans certains drames intitulés *Combats de taureaux* ou *Courses de taureaux*, dont les Espagnols sont très friands, cet animal a des succès que les péninsulaires consacrent par les cris : *Bravo torro! Bravo torro!* Ces acteurs ont essayé de venir séduire les Français en représentant devant eux ces drames sanglants : mais ils ont trouvé un public assez froid, et des recettes assez légères. C'est que les Français, et les Parisiens en particulier, manquent de sang maure dans les veines. A Paris, le spectateur se laisse plus facilement séduire par la grâce d'une sauterelle, les roulades d'une fauvette, le chant d'un rossignol, que par la brutalité d'un taureau qui éventre chevaux, torréadors, piccadors et toute une troupe de braves gens, fussent-ils dix fois plus Espagnols. (*V.* comte (de Reuss), duc (de la Victoire), contre-amiral (Topete), maréchal (Serrano) et autres serviteurs d'une fidélité aussi éprouvée.) *Qué vergüenza! Pu!*

Teigne. — Insectes qui rongent les étoffes, les livres, les grains, la réputation et le crédit des honnêtes gens.

Ténia. — Genre de ver plus connu sous le nom de ver solitaire. Comme son nom l'indique, cet animal vit très retiré dans des retraites où personne ne va lui demander à déjeuner. Il passe pour avoir un appétit insatiable et causer de grands ennuis aux personnes chez qui il demeure. Il faut toujours employer des moyens violents pour le faire déménager quand on veut s'en délivrer, et encore n'y parvient-on que très difficilement. Un sot animal, allez, que je vous souhaite de ne jamais avoir pour locataire.

Têtard. — Nom donné aux petits batraciens Eugène Sue l'a nommé *Tortillard*. On dit vulgairement un gamin de Paris, jusqu'au moment où il passe à l'état adulte; alors, c'est un titi.

Tigre. — Mammifère du genre chat, remarquable par sa férocité et sa jalousie. Le plus impitoyable de tous les tyrans domestiques, le tigre ne peut voir le plus petit moucheron sur le nez de sa femme sans entrer dans des accès d'une fureur à tout casser. Sa tigresse ne peut faire un pas sans lui sans que les plus jaunes soupçons envahissent son âme et son cœur. Il la voit de suite, comme Mme de Framboisy, « dans un bal de Paris, dansant la polka avec tous ses amis, » et ne parle que d'aller « lui trancher la tête... d'un' ball' de son fusil. » En est-il moins minautorisé pour cela? au contraire. Tromper un tigre est du vrai nanan conjugal! A moins que le tigre n'ait épousé une brebis ou une bécasse (et encore!), il peut être sûr de son affaire; et, franchement, il ne l'a pas volé.

Quand on peut s'emparer du tigre encore jeune, on parvient assez facilement à l'apprivoiser. Les lions et les jeunes gens riches l'utilisent alors comme *groom*. Un attelage un peu chic n'est complet qu'avec un tigre bien stylé.

Torpille. — Genre de poissons cartilagineux qui ont la propriété de donner une commotion électrique à ceux qui les rencontrent, absolument comme un créancier avec qui un débiteur se trouve face à face. C'est bête; mais enfin la nature a des mystères qu'elle n'est pas tenue de nous dévoiler.

Tortue. — Genre de reptiles inoffensifs, calmes et graves, dont la place semble marquée en tête de tout convoi de première classe. La tortue est avant tout un animal qui d'habitude ne se ruine pas en voyages. Telle tortue, née sur la place de la Bastille, meurt à soixante-dix ans sans avoir été faire une seule visite à ses parentes au Jardin des Plantes. De mémoire de danseurs on n'a vu une tortue dans un bal public ; c'est qu'elle a une carapace qui la met à l'abri de la piqûre de la tarentule. Bonne fille au fond, la tortue se fera peut-être un nom dans l'histoire. On prétend que depuis sa sortie de l'arche de Noé, elle est, de père en fils, à la recherche du mouvement perpétuel. Bonne chance !

Tourterelle. — Espèce de pigeons cités pour leur fidélité conjugale. Très bien ! Mais sont-ils cités en bonne ou en mauvaise part? Je suis dans une perplexité étrange à ce sujet, quand je me rappelle qu'un des personnages du dialogue de Plutarque, *De l'Amour*, soutient avec véhémence qu'une femme ardemment éprise de son époux n'est qu'une effrontée. Il est vrai que ce M. Plutarque serait bien vieux aujourd'hui, et que les immortels principes de 89 ont modifié bien des idées.

Toutou. — Nom que les enfants donnent aux petits chiens, comme mon ami Black, et que les femmes donnent aux hommes. Ces derniers ne sont-ils pas les petits chiens de ces grands enfants qu'on appelle *femmes?* Mon Dieu oui ! Tous tant que nous sommes, nous avons beau nous en défendre, nous ne serons jamais autre chose, avec cette différence, toutefois, que les bipèdes sont moins fidèles que les quadrupèdes ; et qu'ils mordent plus souvent qu'ils ne lèchent !

Truie. Femelle de porc. — Un joli ménage, allez ! c'est du propre ! comme disent les Gavroches.

Truite. — Excellent poisson de rivière que l'on mange à la montagnarde, au court-bouillon, à la Chambord, à la genevoise, à la Saint-Florentin, à la hussarde, en pâtés, etc., etc. Je me disposais à vous en offrir un plat à la Saint-Florentin quand M. Eugène Noël nous en a servi, dans le *Journal de l'Agriculture*, une tartine assez croustillante. Je m'empresse de vous la repasser, amis lecteurs, en vous demandant la permission de m'en lécher les doigts. Voici :

J'avais déposé à l'époque des amours (*pourquoi cette époque?*) une truite mâle dans un petit vivier circulaire de deux mètres de diamètre sur environ quarante centimètres de profondeur ; ce vivier était alimenté par un petit ruisseau limpide Ma truite mâle, seule au fond de ce vivier, y resta pendant huit jours triste et immobile : je la croyais malade (*il faut donc être ma-*

lade pour rester triste et immobile ?). Mais lui ayant donné pour compagne une femelle (*que diable eût-il fait d'un mâle pour compagne ?*), je la vis aussitôt s'animer, nager en folâtrant autour de sa camarade, la toucher du nez (*oh !*), de la queue, lui passer sous le ventre, sur le dos (*hum !*); et la femelle de fuir aussitôt (*coquette !*) et de se laisser atteindre et caresser pour prendre de nouveau la fuite (*les Parisiennes ne font pas autrement*).

C'étaient des jeux, une joie que l'on ne pouvait s'empêcher de partager en les contemplant (*avec des yeux de convoitise ?*). Jamais le mâle ne quittait la femelle ; si elle se promenait, il la suivait ; si elle dormait, il se tenait auprès d'elle (*vilain jaloux, va !*). Mais voici ce qui me confondit : la femelle, par suite d'une mauvaise disposition du vivier (*ou d'esprit ?*), ayant sauté par-dessus la grille qui barrait l'orifice d'amont du petit canal de décharge, se trouva presque à sec, couchée sur le côté dans ce canal dont l'eau n'avait pas deux centimètres de profondeur. Eh bien ! (*quoi ?*) le mâle, sautant comme la femelle par-dessus le grillage, alla la rejoindre (*l'imprudent !*), et c'est là que je les trouvai tous deux couchés et presque expirants l'un sur l'autre (*Amour, tu perdis Troie et les truites de M. Eugène Noël*).

Spectacle inattendu, de voir un poisson, par amour, se précipiter hors de l'eau.

Comment, inattendu? Mais si les blanchisseuses et les porteurs d'eau se précipitent dans la Seine, par amour, il est tout naturel que les poissons, qui vivent dans l'eau, se précipitent hors de cet élément par la même raison. L'amour n'en fait jamais faire d'autres.

Turbot. — Espèce de poisson dont la chair, excellente à manger, est très estimée. On connaît l'histoire du fameux turbot sur lequel la discussion fut ouverte dans le sénat de Rome, par ordre de l'empereur Domitien, pour savoir comment on devait préparer ce turbot. Le Sénat décida qu'il fallait le mettre à la sauce piquante. De nos jours, les sénats délibèrent encore pour savoir comment on doit accommoder le turbot (du latin *turba*, foule), lisez la population, et ils décident encore de le mettre à la sauce piquante. Il paraît que l'art culinaire n'a pas fait de grands progrès depuis le *chef* Domitien.

U

Unan. — Mammifère du genre bradype qui se meut avec une extrême lenteur, parce qu'il se figure qu'une démarche de cheval de corbillard est le cachet de l'homme sérieux. Mais, unan, mon bonhomme, marcher lentement ne prouve qu'une chose, qu'on a des cors aux pieds ou des durillons à la cervelle, deux bijoux également mal portés.

Ursin. — Mammifère qui ressemble à l'ours. La famille des Ursins ou *Orsini*, célèbre en Italie, a fourni plusieurs papes. On connaît aussi la fameuse Anne-Marie de la Trémouille, princesse des Ursins, qui a joué un rôle historique en Espagne dans les premières années du dix-huitième siècle. Née à Paris en 1643, elle mourut à Rome en 1722.

V

Vache. — Femelle du taureau. Les opinions sont fort partagées sur le compte de ce animal, que l'on peut juger de plusieurs façons, suivant le point de vue où l'on se place. Les utilitaires ont pour la vache une estime particulière, parce qu'ils la considèrent comme une excellente nourrice qui rend de grands services à la société. Ils lui sont surtout reconnaissants d'avoir donné à l'homme le vaccin préservatif de l'affreuse maladie connue sous le nom de petite vérole. On parle de lui élever, pour cela, une statue sur la façade du nouvel Hôtel-Dieu. Les *jolis blagueurs,* au contraire, qui ne la jugent qu'au point de vue fantaisiste, ne voient dans la vache qu'une énorme femelle aux puissantes calebasses, à la face stupide, sans chic et sans chien ; la vraie bourgeoise, bonne mère de famille, excessivement estimable comme telle, mais peu faite pour animer les colonnes de la *Vie parisienne* ou inspirer les *reporters* du *High-Lif.*

Vanneau. — Genre d'oiseaux de l'ordre des échassiers. Ce sont des oiseaux très gais, sans cesse en mouvement, folâtres et très lestes. Il y en a de huppés, c'est-à-dire qui ont le sac. Parbleu ! avec cela on est toujours gai et prêt à se donner du mouvement pour aller sur les bords du Rhin, en Suisse, en Italie, aux Pyrénées, aux bains de mer. Il n'y a donc rien d'étonnant que le vol du vanneau soit vigoureux et de longue haleine.

Vautour. — Genre d'oiseaux de proie

diurnes, lâches, infects et voraces. En parlant de cet oiseau, Voltaire a dit :

> Le vautour, acharné sur sa timide proie,
> De ses membres sanglants se repaît avec joie.
> Tout semble bon pour lui ; mais bientôt, à son tour,
> Un aigle au bec tranchant dévore le vautour.

C'est bien fait !

Veau. — Le petit de la vache. Un bon petit garçon qui ne donne pas de chagrin à ses parents. Rempli d'amour-propre, le veau fond en larmes au moindre reproche qu'on lui adresse. Aussi, désireux de ne pas s'attirer de réprimandes, il est à sa pension d'une sagesse exemplaire. Il apprend bien sa grammaire et fait la gloire de son professeur quand, les jours de composition, il résout des difficultés grammaticales de cette force : — Enfant, fais toujours ce *qu'il* plaît à tes parents et tu feras ce *qui* leur plaît ? — Ou bien : Que de gens *atteindraient* *au* but de leurs désirs s'ils *atteignaient un* certain âge. Malheureusement, les enfants vivent peu quand ils sont si savants, et beaucoup de veaux meurent-ils en bas âge pour passer dans les usages culinaires, à la plus grande satisfaction des amateurs de la tête de veau.

Ver. — Nom donné à plusieurs espèces d'animaux dont les principales sont le ver à soie, plus connu sous le nom de canut ; le ver luisant ou lampyre ; le ver rongeur, vulgairement appelé chagrin ou remords ; le ver solitaire ou ténia, et plusieurs autres qui courent les rues sans autre vêtement que leur pudeur. Pas même une feuille de n'importe quoi. *Schocking!*

Vermine. — Se dit collectivement de toutes sortes d'insectes nuisibles et dangereux, tels que filoux, gueux, faux mendiants, vagabonds et repris de justice.

Vipère. — Espèce de serpent venimeux dont la morsure entraîne presque toujours la mort. La vipère est un des plus dangereux ennemis de la société, car elle s'attaque à tout le monde, même à ses amis et à ses parents, et, le plus souvent, pour le seul plaisir de mal faire. Méchante, perfide et surtout ingrate, la vipère est un objet d'horreur pour les honnêtes gens qui, malheureusement, ne la rencontrent que trop souvent dans le monde. Je ne sais qui a dit : « L'hymen offre un grand sac qui contient quatre-vingt-dix-neuf vipères et une anguille. » Il faut avoir un fameux courage pour introduire sa main, même gantée, dans un pareil sac sans y être obligé. *Vade retro Satanas!*

Vivipares. — Qui met au monde ses petits tout vivants. Il faut qu'il y ait des animaux bien fâchés d'appartenir à cette catégorie, car, d'après le *Droit* et la *Gazette des Tribunaux*, il ne manque pas de parents qui se hâtent d'obvier à cet inconvénient de nature en tordant le cou à leurs petits. Les loyers sont si chers!

Volaille. — Nom donné, en général, aux oiseaux qui s'élèvent jusqu'aux dernières places d'une salle de spectacle. Ce mot n'est en usage que depuis le dix-septième siècle. On se servait auparavant du mot de *poulaille*, les plus hautes galeries d'un théâtre se nommant poulailler.

X

Xylophage. — Insecte coléoptère qui vit dans les vieux bois. Un amateur de vieux bahuts, de vieux chênes sculptés, de meubles Louis XV. Habitué de la salle Drouot, cet insecte, un peu toqué, se rencontre aussi souvent chez les marchands de bric-à-brac.

Y

Yack. — Buffle à queue de cheval que l'on réduit assez facilement en domesticité. Très bon nageur, cet animal est utilisé par quelques personnes comme bateau de plaisance. On s'asseoit sur le dos de l'animal et l'on fait ainsi de charmantes promenades sur l'eau. Dans ce rôle passif, le yack ajoute un T à son nom.

Yackts aux mille couleurs, caïques et tartanes,
Qui portent aux sultans des têtes et des fleurs.

(VICTOR HUGO.)

Z

Zèbre. — Mammifère du genre cheval. C'est une espèce d'original qui ne porte que des vêtements faits avec des étoffes rayées en noir sur fond blanc ou jaune. On le voit souvent au Jardin d'acclimatation, heureux quand il peut attirer l'attention des visiteurs. Il est d'un caractère assez sauvage et ne se lie avec personne. On prétend que c'est à l'imitation de cet original qu'est due la mode des jupons et des chemises à raies de couleur que les femmes et les hommes portent depuis quelque temps.

Zibethin. — Espèce de rat qui répand l'odeur de la civette et qui appartient à l'espèce connue sous le nom de priseurs. Ces animaux ont tous la prétention d'être inodores comme du cristal de roche, et posent souvent dans le monde pour la tabatière d'or dans laquelle ils puisent leur tabac d'un air grave que le poète Barthélemy a joliment démoli.

Terminons par ce portrait du priseur que le poète oppose au fumeur :

> Le priseur, au contraire, offre dans tout son être
> Certain je ne sais quoi qu'on ne peut méconnaître ;
> Son galbe est ridicule et son maintien chétif ;
> Dès qu'il porte la main vers le siége olfactif,
> Sa tête vers la terre obliquement s'incline,
> Il étire la face et pince la narine.....

Arrêtons-nous ici, l'aspect du zibethin
M'inspire le désir d'écrire le mot FIN.

TABLE DES MATIÈRES

CONTENUES DANS CE VOLUME

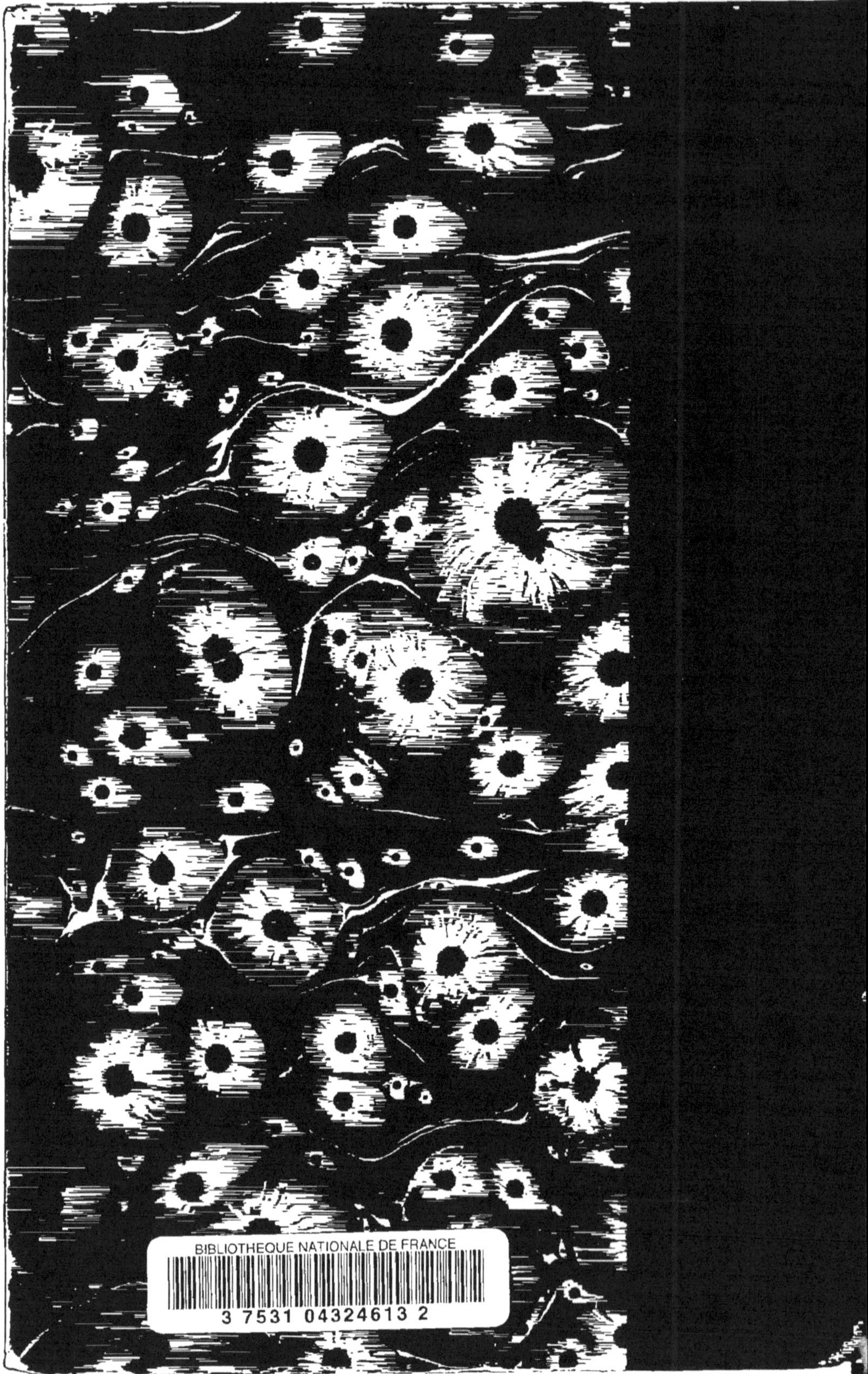

www.ingramcontent.com/pod-product-compliance
Ingram Content Group UK Ltd.
Pitfield, Milton Keynes, MK11 3LW, UK
UKHW020334230726
13925UKWH00002B/791

9 782013 692830